타오르던 암벽에서

푸른향기 시인선 002

타
오
르
던
암
벽
에
서

초 판 1 쇄 2016년 11월 21일
지 은 이 배성희
펴 낸 이 한효정
펴 낸 곳 도서출판 푸른향기
디 자 인 화목

출판등록 2004년 9월 16일 제 320-2004-54호
주   소 서울 영등포구 선유로 43가길 24 거성파스텔 104-1002 / 150-932
이 메 일 prunbook@naver.com
전화번호 02-2671-5663
팩   스 02-2671-5662
홈페이지 prunbook.blog.me │ facebook.com/prunbook │ instagram.com/prunbook

978-89-6782-047-3 03810
ⓒ 배성희, 2016, Printed in Korea

값 9,500원

이 책은 한국출판문화산업진흥원의 2016년 우수출판콘텐츠 제작지원사업 선정작입니다.

타오르던 암벽에서

배성희 시집

푸른향기 시인선 002

푸른향기
Prunso Publishing Co.

견자見者보다는 깃들기

안전해 보이는 배에서
새로운 배로 갈아타야 했다
이렇게 낯선 바다
승객이 아니라 항해사처럼
그것은 몸과 마음을
구석구석 깃들이는 과정

치우지 않은 방을
당신에게 보여주는 나,
설명하기 어렵다

2016년 가을
배성희

2부

3부

4부

* 한 연이 첫 번째 행에서 시작될 때에는 > 로 표시합니다.

1부

미에 대하여

가장 아름다운 것은 예외적인가, 인수봉을 오르다가 실족
사한 영혼을 생각한다, 그 암벽이 보이는 자리에 세웠다는
위령비를 생각한다, 안타까운 숨들이 이미 산에 스몄으니
비석을 거두어간 손길도 생각한다,

未와 迷 그리고 美에 대하여

어지러운 길 헤매고 돌아서 땀에 젖어 오른 매혹의 정상,
가느다란 오줌을 나무그늘에 누고 기지개를 켜본다 200개
의 관절이 몸에서 해방되기를

헛디딘 발은 죽음에게
너는 너에게
가장 필요한 욕망이듯이
나는 나에게
가장 절실한 존재다

인류의 조상이 처음 불꽃을 피울 때처럼, 어제의 쓰라린
묘혈에 불안한 막대기를 세우고 두 손으로 비벼 비벼서 불

을 지핀다, 하루 또 하루 기적처럼 새 불이 오래된 불 씨앗
에서 되살아나기를

그리하여 소멸은 소멸되지만 나는
가장 아름다웠다
타오르던 암벽에서 너와 함께

바람의 신부

반갑습니다
초여름 저녁

도발하는 자에게 세 겹의 능선이 보입니다 산을 바라보던
두 입술이 아아― 동시에 감탄하면 시간은 어디에도 없고
그저 짙푸른 능선이 그 순간의 몸일 뿐

부풀어 날아온 나무향기가 속눈썹을 건드릴 때
말랑해진 틈새로 최초의 하모니가 흘러들 때

저체온으로 살고 있던 손가락이 금방 데워지네요 다정한
손바닥 안에서 예쁜 물고기들 갑자기 떼 지어 수로를 마구
돌아다니지만

상자는 열릴 가능성으로 남을 때 가장 아름다워
우리도 마찬가지

석양일배夕陽一杯의 취기도 마찬가지, 샬롬

>

샬롬, 헤어져 돌아갑니다 눈보라 매서운 수목한계선에서
무릎 꿇고 生을 버틴 목질로 바이올린 만들어 연주할게요
공명의 극치를, 나 홀로 떨리는 그 선율 산정호수에 번질
테지요

　우주의 파동으로 만들어진 육체
　시선만으로 포개져 굽이치는 능선들
　아쉬움 없는 저녁이라면 나아씽베터 나아씽베터

　또 다른 소멸의 무대에서 바이올린과 활이 되어 만나자는
싱거운 소리 생략하고 악수를 합시다

　바람이여
　유월의 손바닥이여

벌의 정령

산에서 내려오는 길
네가 날아드니 반갑구나

그늘바위에 앉아 먹는 사과조각은 꽃 피었던 기억을 머금
어 너도 나도 단물이 필요한데, 벌아 이제 우리는 서로 해
치지 말자 노을에 잠겨 내가 기다리는 동안 바위에 비벼준
사과즙 천천히 음미하거라 그리고 너에게 익숙한 흐름 따
라 벌집으로 가지 말고

나와 함께 산 아래로 가자
기억하니? 우리가 시작되고 얽힌
알레프*로 돌아가서 내 춤사위를 구경하렴

뜰지 말지 고민 중인 태양을 향해 신생의 빛을 기다리는
미라처럼 반듯이 누워
세상의 계곡과 산봉우리를 거쳐온 배꼽으로 네 번은 천천
히 네 번은 빠르게

상하좌우 돌리고 돌리는 춤의 절정

네가 아껴둔 독침을 나의 자궁에 심어다오

의심도 질문도 춤으로 녹여버린 우리 방에는 사과나무 한
그루 무럭무럭 자라겠지

하얀 꽃 만개하면 갓 생겨난 벌떼들이 붕붕 날겠지
나는 무미건조 시무룩한 미라 노릇 그만두련다
주렁주렁 매달린 열매로 으깬 즙 맨살에 바르고 마침내
떨어져 썩어가는 사과처럼

푹푹 잘 썩어 젖은 흙이 되고 싶은데, 벌아
산벌아 우리 다시 만날까
어느 날 그 바위에서

* 알레프 : 전생과 현실의 모든 것이 한 시공간에 존재하는 지점

닭살과 달의 우주쇼

20년을 살아도 몰랐던 마을뒷산 둘레길
걷기 전에는 알 수 없는 비경이 분명 있다

산 채로 깃털을 뜯어내, 회쳐먹는 닭고기 맛이 기막히다
는 주모 너스레에 닭살이 돋아 낮술을 마셨다
오늘밤 예정된 개기월식은 11년만의 우주쇼라는데
시간은 늘 우리의 선택과 함께 흐르고
달에게는 선택권이 없다

녹음 우거진 오후 고즈넉이 내려와 계곡물에
긴 다리 끝을 적시며 사뿐사뿐 거닐던 왜가리는 어디로
갔을까
숨죽여 지켜보던 나하고 딱 한 번 눈 맞추고, 홀로
생각에 잠겨 산책하던 새가 단풍과 낙엽을 박차고
커다란 날갯짓으로 찾아간 달에서 겨울잠을 청한다면

당신 무릎을 베고 평상에 옆으로 누워
나의 능선을 처음 보여준 그 여름부터
달은 차올랐다 기울기를 여섯 번

>

매일 당신이 쓰다듬는 페르시안 고양이털 담요를
머리까지 끌어당겨 덮어본다 온기 없는 방에서
하얀 입김을 내뿜는 아르테미스 불면증에 시달리는

달의 여신을 안고 아득한 꿈에 잠기면

서서히 지워지는 달이 조금씩 부푸는 달이
담요 안에서 우주쇼를 펼친다

건디기 어려운 추위에도 은밀한 근육은 뜨거워
온몸이 떨리는 사랑이라면, 몬도가네 미식가를 위해
산 채로 털이 뜯겨나가는 닭의 살처럼
그림자가 지나간 달의 구멍마다 왜 피가 맺혀있는지
소름끼치는 불치병을 왜 끙끙 앓고 살아야 하는지
오래 눈을 맞추고 물어봐야겠다

구름의 핏줄

이제 그것을 투명하게 바라볼 수 있는 어머니
왼쪽 얼굴과 손가락이 저리기 시작한다
태평양 너머로 날아갔던 딸은
암벽등반과 하프마라톤까지 완주하고 돌아왔다

어머니와 딸
그 사이에서 내 머리는 좌우로 흔들린다
곁으로 거대한 불 수레바퀴가 아슬아슬 지나간다

화분에서 자라는 행운목은 불꽃 모양의 잎사귀를 펼치고
지루한 가뭄에도 살아있다
한 방울의 물이라도 기어이 찾아가는 가늘고 하얀 실
뿌리털, 어머니의 어머니로부터
나를 거쳐 딸의 딸에게로 흐르고 있는
이브의 생명지도는 질기고 길다

―두 개의 심장만 기억하네
―굳어가는 가슴에 갇혀있던 꽃을 꺼내 서로 보여주었네

\>

고열에 시달리던

에덴의 독 오른 뱀과

무딘 톱날의 시간을 생각한다 머리를 흔들면서

축축한 의문을 극치까지 빨면서 맛보고

잘라낸 것은 무엇인가

행운목과 나는 붙박이 자리에서 상상한다

불꽃 모양의 날개를

끝까지 지켜내야 하는 뿌리와 생명의 지도를

천 개의 어금니가 깨지고 있다

그런 파괴가 아무것도 창조할 수 없다면

어떤 구름도

스스로 큰 비를 만들 수 없다면

폭우

여기는 폐소 공포지대, 풍경이 없는 육면체를 견디고 있다 나는 중력의 바깥을 떠돌고, 구름은 어둡기를 기다려 모여든다 내게로 구름은 내게로 스미고 싶어 한다 비가 온다 내린다 여름비 소낙비가 쏟아진다 내 안의 바람과 물의 힘은 구름을 부르고 비와 조우한다 세찬 비를 고스란히 받아준다 내 방과 옆집의 돌벽 사이 그 비좁고 냄새나는 바닥에 버려진 정체불명의 사물이 하나 둘 꿈틀거리며 살아나 신호를 보낸다 백 년 묵은 끔찍한 일상이, 집요한 벌레에게 파먹히며 썩어가던 땅이, 썩었기 때문에 그래서 오히려 되살아난다 물컹한 흙 심장근육이 모든 각도의 체위로 푸르르 떨다가 두근두근 뛴다 이미 뛰고 있었다 후드득, 후드득, 뚜루룻뚜두, 채쟁쟁, 들리나요 나 죽지 않고 숨 쉬어요 살아 있어요 아직 썩지 못한 것들 뒤집어진 양철냄비 깨진 유리병 삭아가는 골판지 사발면찌꺼기 알미늄캔 검정비닐 짝짓기 하던 고양이털 그리고 썩어가는 것들 비린 냄새들이 구멍을 열고 아우성친다 붉은 벽돌에 스며든 수액은 풍경이 없는 육면체 아랫도리부터 흔들어댄다 이제 움직이는 벽은 바깥으로 나가는 계단이다 진폭이 커다란 함수의 싸인 곡선이다 핏물 머금은 치맛자락처럼 펄럭이던 벽 그 각

진 돌 하나하나가 액체혓바닥이 되어 사방으로 흐트러진다
물의 혓바닥 뾰족한 혓바늘이 꼼꼼하게 피부를 핥으며 거
듭 속삭인다 '당신을 위해서라면 나는 모든 세상을 속일 수
있' *어 미궁의 늪에 빠져 시멘트처럼 굳어 있던 관절마다
섬모가 돋아나 하늘거린다 말미잘 촉수처럼 길게 자라 춤
춘다 알몸의 오필리아 나는 물에 반쯤 잠겨 실눈을 뜨고 있
다 살짝 벌어진 입술 사이로 예민하게 열리고 있는 음순 사
이로 순결한 물이 스며든다 천 개의 손발은 지느러미처럼
움직여간다 원하는 곳으로 서서히 조금 더 멀리 흘러간다
계곡을 지나 강을 시나 우리의 먼 바다로

* 허수경, 「레몬」에서

6월의 냄새

그는 말했다
대지의 음핵이 인수봉으로 솟아있는 거라고
바위는 비에 젖어 감각이 더 생생해진다고

그럴 만했겠지, 이 한마디에 어떤 경계는 무너진다, 젖은
바위나 배롱나무에서 여자냄새가 풍겨도, 브로크백마운틴
남자끼리 사랑에 빠져도, 엄마시체 옆에서 수음하는 영화
속 아들의 심리에도 끄덕이며, 우리 교감은 거기서 시작했
으니 이제 아무런 분노 없이 끝낼 수 있다

꼬인 밧줄 타기는 영화나 현실이나 위태로운 묘기
뜨거운 숨을 기척 없이 내쉬는 기술처럼
가난한 영혼이 바늘귀를 통과할 때
소리를 내지 않듯이
조용히 떠나왔다 낯선 곳으로

하필이면 도끼로 소 잡던 도축의 마을 그 피비린
피비린 기운이 불면의 밤을 고문한다

지하 맨틀로부터 되살아나오는 체취

부위별로 해체된 소들은
나를 오래전부터 알고 있노라 웅얼거린다
끈질긴 냄새는 단말마의 표정으로
꼭 그래야만 했냐고
밤새 추궁하지만

홀로 맞이하는 6월의 아침은 초연하다
카니발에 취해 살았던 육식의 시간을
우그려뜨려 땅 밑에 눌러 감추었다

살맛을 포기하는 대신에
고속버스든 새마을기차든 가리지 않고
나는 버터구이 오징어를 얌전하게 먹기로 했다
속죄기도 후에 착해진 영혼처럼

검은 유랑의 기록

지난 밤, 블라인드로 달의 눈을 감기고
피카소를 만났다 열네 번째 뮤즈까지
발라먹은 천재는 요란한 트림과 입체그림을 남기고
사라졌다 왜 그랬을까, 그는
그의 마지막 애인은 추종자들은

이것은 무슨 꿈인가
끝없이 자라는 바벨성당 그들을 사로잡은 것은
광신일까 허무일까, 여행지의 간이역과 환승역은
허기를 메워주는 것인지 더 깊이 시달리게 하는 것인지
왜 지구마을은, 狂氣의 구조물에 경탄하고
착취당한 존재를 경시하는지

당근과 채찍에서 어긋나는 생존체위가 필요하다
누가 뭐래도 나는 인생파 자유인
철인5종 경기에 없는 종목과도 씨름할 것이다

추장의 뿔 나팔 소리에 이끌려
불안한 무리들이 우루루 달려갈 때

언덕에서 삐딱하게 지켜보는 그림자 하나

그 휘파람을 따라 스크래치하면 검은 화폭이 전율한다

원초의 본색이 꿈틀, 천 갈래 근육질로 살아 걸어 나온다

유랑의 첫날부터 나의 비밀친구는 노마드 신발

그리고 … 해뜨기 직전

너라는 바다

4억만 개의 파도를

4월 4일 4층에서 4개의 마늘이 들어간 요리를 먹고
버스와 전철 에스컬레이터까지 4번 환승하고
네 번째 사람을 만나면 불운이 닥칠까
사를 생각하는 머리가 사의 꼬리를 물고 맴돈다
4… 死… 思…

4월의 가쁜 숨들이 하모니카 구멍을 444번 드나들며
불길하고 슬픈 노래를 연주한다

604미터 영봉에 있는 붉은 기둥 소나무는 황홀하다
가슴바위 곁을 오래 지켜온 적송, 나는
그런 나무를 갖고 싶지만 말하지 않았다

'너를 원해' 라는 고백을 4번 듣자마자
도망치는 여자는 매우 계산적이다
그 후, 44일째 같은 꿈에는 해몽이 없다
가슴에서 피가 흐르는
붉은 잠의 터널 위로 죄의식의 기차가 오갔다
철커덕 수갑을 채우듯이 철커덕 소리도 요란하게

>

커피를 4잔 마신 날 새벽4시, 새로운 악몽에서 깨어난다

'죄와 벌' 독후감을 쓰지 못해

마음 졸이다 식은땀에 젖어 깨는 잠

'죄와 벌'은 너무 긴 소설이다

4음절 단어가 4천만 개 이상 있을지도 모른다

내가 죽기 전까지

4억만 개의 파도를 피해갈 묘수는 없다

피할 수 없다면 즐기라고?

말하기는 또 얼마나 쉬운가

속도의 방정식

버려진 것들은 개가 되었다
산길에 개들이 돌아다니는 요즘
허리아래 감정을 지웠다
뇌를 비우는 것

야생으로 유턴,
개는 어느 정도 뇌를 비우기로 했다
숲은 위태로운 자유 일그러진 파라다이스

내 안에 썩어가는 양파 자루를 내다버릴 때
조심해야 한다
틈새로 흐르는 까만 액체를
그보다 지독한 냄새가 또 있을까
애견충견을 내다버린 인간의 시즙처럼

미안해, 보신탕집에서 반쯤 시들어 접시 밖으로 내가 버린 상추 한 장을 다시 집어 들고 '상추야 미안해' 하던 사람 그의 특수부위를 보쌈 해먹는 입들은 요즘 몇 개일까, 흐음, 이런 호기심에선 악취가 난다

>

내가 버린 기저귀들이 분해되려면 100년이 걸리고
세상에는 미안한 일투성이

곤충이 들어간 호박 화석이 만들어지는 속도
水晶 속에 미세한 균열이 자라는 속도
버려진 상추에게 속삭이는 그 소리를 지우는 속도

야생으로 유턴
눈빛이 사나운 개들이 산길을 돌아다닌다

류마티스의 비밀은 임파선에 있다
임파선의 과잉기억효과는 고질병을 유발한다
개를 버리고 신축 아파트에 입주한 주인들은
자고 싶을 때
류마티스 약을 먹어야 한다
오래오래 아픈 다리가 잘 뻗어지지 않을 것이다

깃털왕관을 위한 삼중주

바다 생각 ;
밤의 노래는 바다 속 깊이 가라앉아 있다
잠을 훔쳐 가버린 노래의 긴 꼬리
이상하다 검은 빛을 숨긴 바다가 반짝거리다니
다시 오지 않을 노래 그 노래
all good all bad 조울증의 파도 그 파도
끝말잇기는 이제 멈춰야 한다

상대성 원리 ;
바다를 생각한다 점점 더 생각한다 쉬지 않고 생각한다
혼자 하는 끝말잇기를 멈출 수가 없다
도톰한 눈송이들이 점점 더 풍성하게 내린다 쉬지 않고
내린다
폭설이 보여주는 것은 상대성 원리
옥탑방을 모자처럼 쓰고 있는 집들이 승천하듯이
나는 아직 젖을 수 있지만
시간에 대한 저항은 태워버리고 싶은 무모함이다 나에게
뒷모습을 보이는 자동차 후미등, 붉어서 아름답고
느릿한 행렬 … 태양은 야간여행을 시작하겠지

하지만 알 수 없는 일

오히려 방탄조끼의 원리는 쉽다

회전하는 총알이 섬유그물에 얽히는 것

심장은 계율보다 강한 힘으로 들썩이는데

하얀 꿈 ;

백발의 소녀가 먼 바다를 바라본다

진실은 깃털베개 속에 감춰진 깃털왕관*이라고

우리가 속삭이던 모래밭에 앉아있다

견디고 있는 것은

노래 없는 계절과 조울증의 파도인가

응시하고 있는 것은

얼마나 사소한 生 그 너머인가

* A Crown of Feathers : 아이작 B싱어 소설의 문장

붉은

여대 후문에는 파출소가 있네 내리막 골목길
대각선으로 숙녀고시텔 3층이 보이네 개와 늑대의 시간
창문에 별 스위치를 누르고
너는 기다리네

오토바이가 서둘러 일방통행 길로 진입할 때, 별은
파르르 몸을 떨어 반짝이네
빨간 별을 향해 걸어 오르네
1층 2층 3층 두근두근 쿵쿵
그리고 …어느 순간
헬멧에 갇혀있던 불안이 분비된다네
빨간 별이 뜨고 반짝이는 너의 방은 파출소에서
너무 잘 보이네 원룸 앞으로 형사도 지나가고
사춘기 아이들 스님 목사도 지나가는데

고요하고 평화로운 이 골목에서
사랑은 까마득하네

너의 하루치 성냥갑엔

태울 수 있는 빨간 머리가 몇 개일까?
동그랗게 뭉친 황의 화력만큼 타오르고 꺼지는데
생명은 지구의 시작보다 끝보다 더 오래 흘러왔다네

절망과 불안에 시달리는 영혼이 왈칵 솟구쳐
착상의 지름길을 벗어나면 꿀꺽 삼킨다네 너는
자도 자도 섞이지 않는 운명을
읽지 않고도 깨달았네 윌리엄 포크너의 문장을
'생명은 계곡에서 잉태된다. 생명의 바람은
해묵은 공포, 낡은 욕정, 그리고 오래된 절망을 타고'

그러나 계곡의 흔들다리 사이로
지나가버리는 것들

로리타, 너는 거짓 없이 극치에 오를 수도 있지만
잉태할 수 없다네 아무도 돌로 치지 않지만
아프다네 쉬지 않고 반짝이는 별에 찔려
세상도 아프다네

>

애초보다 오히려 더 커진 절망과 불안 때문에
문을 닫고 도망치는 사람 그 등을 보고 너는
생각하네, 어떤 죄목으로 총을 쏘고 싶은지 생각하네
탕. 탕. 러시안 룰렛은 가난하고 붉은
골짜기에서 스릴만점 게임이라네

꽃 피어 견딜 수 없는 봄날 너는 외출하고
빈 방에서 빨간 별은
방울방울 녹아 흐르네

이 계곡의 불온한 평화는 고요한데 아기는 붉은 냄새를
맡으며 웅크리고 있다네 반쪽 아기에게 탯줄을 이어줄 영
혼은 어디에도 없지만 다시 찾아오는 헬멧들은 언제나 있
다네

2부

8·15 전야

그 해 광복절엔 조조영화로 피와 뼈*를 보았다

다른 해는 아침부터

디카를 들고나가 청계천을 찍었다

작년엔 무엇을 하며 떠돌았는지 희미하다

언제나 혼자였는데, 올해 8월15일 내일은

나의 가출을 마감하고 집으로 들어간다

통제 불가능한 인간의 욕망이나

청계광장의 꽃마차 따그닥

따그닥 지금도 선명한 발굽소리와

집 나간 자궁의 어둠까지 한꺼번에 설명할 수는 없지만

피와 뼈 그 연결 고리들을 잡아당겨 이어본다

가출 49일에 대한 명분보다

괴물이라고 증오했던 적을 죽이기보다 더 커다란

측은지심 하나로 生을 껴안기로 했다 슬프지만

승리도 패배도 없는 이 모순이 결국 가학과 피학이

서로 삼투하는 생활의 발견이요 지혜라는 것

미끄럼 타는 사랑을

언어로 다 옮길 수 없이 어지럽고

뜨거웠던 이 여름 나의 시원始原을 찾으려 했고

예전과 다른 내가 태어났다

그 전으로 절대 돌아갈 수 없고

같은 구조에서도 이겨낼 수 있는 에너지가 생겼다고

자위하는 것이다 끝까지 분리 수거되지 않는 종양들로

여생이 더 무참하게 썩어간다 해도 말이다

말기 암 폐허의 고지에서 관망할 준비가 되었다

나는 한 부족의 시조가 된 것이다

호적의 이름을 바꿔도 나는 어쩔 수 없는 나인 것을

수금지화목토천해명의 밤과 낮을 모두 갖추고

걸어 다니는 자궁보다 더 강한 원자폭탄이 없는데

그까짓 어리석은 왜적 하나 거뜬히 요리할 수 있다

진부한 땅에서 새 역사를 지휘하는 母性이 바로

나 자신임을 이제 알기 때문이다

* 피와 뼈(최양일 감독 영화) : 일제시대 현해탄을 건너간 주인공은
일본인 틈에서 야수처럼 살아간다.

소울그린 soul green

책상유리는 주먹으로 깨집니다
밥상은 젓가락으로 콱 찍힙니다
그 혀의 취미는 대못을 초고속으로 박기

아무리 그래도 채송화 코스모스
꽃모가질 따는 것은 너무합니다

마른 흙이 밤비에 취하는 소리 고양이 짝짓는 소리
눈 감고 어디서 들어야 할까요
칼끝으로 긁어낼수록 더 또렷해집니다 기타와
캐스터네츠안달루시아플라멩코장미영혼곰삭은피멍색깔

신발 끈 풀리도록 달아나고 또 달아나고
그러나 돌아와 살고 또 사는 것
당신만 모릅니다
당신만 모르는 게 있습니다

세상의 모든 毒氣는 독기를 알아보고
관 뚜껑은 도끼로 부서집니다

生의 다른 쪽 얼굴이 첫눈 뜨고 윙크하는데

쪼개진 그릇에 밥 채워 먹고 흐뭇하게 코고는
그 잠의 바깥에서 푸르스름 뜨거워
슈욱 슉 팽창하는 기체 터지거나
휘리릭 날아오를

기차여행

제철 모르는 야생초
*愛液*의 맛은 진하다

저수지에서 끌어낸 익사체를 생각하면
어째서 극치감이 강렬한가 어째서 우리가 오르는
뾰족한 암벽마다 혈육의 냄새가 번져 아픈가
저녁은 파랑 위에 덧칠한 검붉은 유화
벗어놓은 훌라댄스 치마처럼 길게 갈라진 노을이다
흔들리며 살아가는 것이 진짜라는 주술은
단풍나무 잎사귀에서 계곡으로 강으로 흘러든다

죽음을 실습하듯이 절박한 몸짓으로 함께 능선을 타고
100일 동안 쉬지 않고 마신 술처럼
우리가 매일 사랑한 것 때문에
취하지 않고는 잠들 수 없다는 고백 때문에
씁쓸한 계절이다

기차를 타고 떠나는 오늘밤
그 리듬이 지상에 물결을 만드는 사이

오래된 시집으로 얼굴을 덮는다 문장은
어둠속에 있지만 나는 눈물을 참고 본다

너의 손길이 닿기 전에는 처녀였던 詩구절들이
흐느낀다 영혼의 침묵을 지나간다

포항

당신이 없는 바다

남동풍은 살구 빛 감도는 뭉게구름을 부드럽게 떠민다
파란 발톱이 모래사장을 거닐고 날아온 물보라는
안경에 빗금을 긋는다

한 모금씩 담배를 나눠 피우며 씁쓸한 침마다
뱉어 버리는 아이들이 파라솔 아래 쪼그려 앉아있고
부두에는 섬으로 가고 싶은 배가 묶여있다
챙이 넓은 모자를 벗어들고 가는 소녀의 머리카락과
멀어지는 자전거의 체크 남방자락이 휘날린다 아득히
노을이 갈매기와 함께 어두워지는 하늘

보내지 못한 문자들이 모여
토성을 휘감은 고리가 한 겹 더 생긴다
사라지는 것들과 싸웠다 주먹을 불끈 쥐고
오래오래 지켜보았다 구름의 속살이 충혈되는 것을
해변을 거닐던 발바닥이 소금처럼 녹는 것을

>

나는, 어디까지 얼마나 정직할 수 있을까
뒤집어지는 책상과 침대에는 분명한 이유가 있다
오늘 밤 어둠이 어둠을 먹을 때, 번개치고
비바람까지 거칠게 몰아친다면

당신이 나를 찾아 부르는 것이다
존재가 존재를 찾는 것이다

무드리에 별이 뜬다

냉동딸기는 쓸모가 많다
팥빙수 스무디 쉐이크 요거트의 재료가 된다
어딘가에 섞여서도 향기로운 계절만 기억하는 과일

나에게
단 하루 긴 밤이 필요했다
겨울 남청색 하늘엔 냉동 귤 조각 같은 달이 있었다
그것을 어디에 갈아 먹어도 조각달은 황금 귤
향기와 입술은 같은 맛으로 기억날 것이다

긴 밤은 토막이 났다
무드리 밖에서 들려오는 흐느낌 그래서 무서운 꿈
방금 벗겨내서 바닥에 좌악 펼쳐놓은
호랑이 가죽 그 아래
검붉은 핏물이 흥건하게 번져있고
내 슬픔과 비슷한 짐승냄새를 피할 수 없었다
죽은 호랑이 눈동자를 차마 볼 수 없었다

두 겹의 시간이 끈끈하게 얼어붙었다

사랑과 별을 바꿔야 하는 날

깊숙하게 흐르던 우리 강 무드리 하늘에 별이 뜬다

단 하나의 별

그 어떤 체온도 닿지 않는

먼 곳에, 별이 뜨기 시작한 것은

냉동과일의 쓸모와 무슨 관계인지

어떤 날은 별에서

그 밤의

껍질이 벗겨진 귤 향기가 금빛으로 내려온다

또 다른 날에는 피비린내로 흥건해진다

漁客

물고기의 여린 배를 딴다
사랑해서 보냈던 여자를 다시 불러내
만지듯이 몸을 가르고
따스한 내장을 끄집어낸다

그래 어떠냐 견딜만하냐
들어가는 손톱을 지그시 깨무는 틈
신경돌기를 한꺼번에 일으키는 것
검붉은 물기 씻어내고
끓는 기름에 튀겨 서로를 먹어치우자

고통이란 우리의 고귀함에 대한 기억이라고?
노발리스는 엉터리다

깊이 묻은 것을 파헤쳐 찾아내고…
그 다음
허둥지둥 뒷발질로
흙을 덮고 달아나는 얼룩개 같은 기분으로
방광염에 시달리는 하루가 또

줄줄 샌다

수없이 잘라내 버린 손목들이
저수지로 떠오르는 밤, 하늘에
흩뿌려진 별들은 너의 비자흔*처럼

* 飛刺痕 : 상처가 날 때 주변에 튄 핏자국

정지선

내 꿈의 숲길에 서 있구나, 너는
나무에게로 삼투한다

전생의 눈물까지도 기억하는 저 참나무처럼
숨결이 고르구나, 있는 힘껏 깊숙이 들여 마시고
서서히 내보내는 향기가
우리 사이에 진동한다

오래전에 죽었던 목신이 새로운 숨을 쉬고
흔들리는구나 뿌리털
대지의 젖 빨아올리며 파르르 떨리는 노즐가닥들
그 순간의 진실이 어떻게 침향의 시간을 넘나들까

젖기 시작하는 초여름
울렁거리는 연두수액은 이미
눈물의 영역, 우리가
멈추고 싶지 않아도 때는 올 텐데

참 좋았지 그 가슴

앞서 下山하던 네가 갑자기 돌아서 활짝 두 팔을 벌리고

−달려와서 안겨봐 어서 뛰어와서 안겨봐 외칠 때
나무와 나무는 포옹한다
그 내음새 꼬옥 그대로 바짝 가까이 그리운 것일 뿐*

그대로 우리가 멈추었을 때
단잠을 깨우려고
소방 헬리콥터소리 요란하던 숲길엔
루낭淚囊의 매듭이 풀리고 있었지

* 서정주, 「침향」에서

그는 나에게

비틀비틀 쌓여가는
다툼의 조각들 집이 터질 것 같다 지붕이
위태롭다 기왓장이 흔들리고 두 팔은
기둥으로 굳어 거둘 수 없다

곁에서 하품하는 귀족이 나의 두 다리까지 기둥으로 쓰라
고 옥박지른다 그런 체위는 어떻게 가능할까
　저 높은 곳 온유한 그대는 나에게 매듭을 풀고 씩씩하게
살라지만 그런 기술은 어떻게 가능할까

내 안에 흐르는 바람과 물의 힘을
먹고 또 파먹고 강해지는 이빨과 발톱
더 질겨지는 올가미, 끊고 싶은데
너의 고통을 객관적 서류로 제출해 보시지

온갖 매듭으로 헝클어진 머리채 주름진 모가지를 주욱 빼
팔 기둥 사이에 간신히 세우고 식은땀 흘린다 집에서도 눈
물이 흐른다

>

나를 죽여야 참평화를 얻는다는 가브리엘

경전에서 죽음은 끝이 아니라지만

시체에게 평화가 무슨 소용이람

그는 나에게 불가능한 주문을 한다 매듭을 풀라고

태초부터 지금까지 전지전능한 오호 마이갓뜨

흩어지는 달

착란의 개가 커겅 컹
짖는 소리를 피해 허겁지겁 달린다 딱딱한
미로바닥 구두의 운명이 베토벤을 연주하지만
지금 그게 문제가 아니다 역겨운
주름 길 하수구멍마다 넘쳐흐르는 것이
피눈물이라는, 자기연민

도망친다 나에겐
천 개의 손도 없고 살인을 면할 참을성도 없는데
가증스럽게 끓어오른 동태 전골냄비야
그래 난 그렇다 어쩔래 술병을 깨고
멱살을 잡지 못해 가증스럽게 꼬인 창자를
움켜쥐고 도망칠 수밖에
궤도를 벗어나 미끄러운 달이 따라온다

따라온다
나를 좀 혼자 놔두란 말이야
나는 개와 달을 앓고 있다 애초부터
같은 위치에 아물지 않는 상처를 덧내며

살아가는 죽어가는 우리

야성에 사로잡힌 개와 보름달의 교차게임을 즐기는

정체불명이 눈웃음치며

앙가슴살을 뜯어먹겠다고 노린다

우는 게 정말 예쁘네, 몰랐지?

눈물은 우리가 피우는 쥬이상스 꽃이야

입맛을 다시며 휘파람불 때

독방에는 온통 삶맛

달 빛 물 달 빛 물 … 물이

정수리까지 차올라 숨이 헉 넘어가도

문을 열지 말아야 한다

순간의 진실 따위는 흩어지는 것이다

개나 물어가는 것이다

당나귀는 살아있다

비바라기하며
술국을 먹는다 낮술에 취한 내 곁으로

발바닥에 쇠못이 박힌 당나귀가 걸어온다
짐을 잔뜩 짊어지고 조용히 고개 수그린 당나귀
그 마음에 넉넉하니 차 있는 것은 대체 무엇인가
고요하고 푸른 하늘 은하수라도 있는 것일까

숟가락에 오른 당나귀가 어서 먹어달라고 속삭인다
더 유순해진 살점 허파와 창자조각들이
우거지와 함께 흐물흐물 끓었다

마지막 저항마저도 버린 고기를 듬뿍 떠서 먹기
당나귀다운 사람이 되는 지름길이다
비어있는 내 마음 은하수의 자리를 술국으로 채우면서
건배 평화로운 혁명을 위하여 건배

영혼의 피가 섞인 술국을 먹고 집으로 가자
도저히 품을 수 없는 뭔가를 껴안아야만

저항하던 쓴 물이 빠져나가
고개가 숙여지고
속눈썹이 길어질 것이다

담즙을 죄다 은하수로 바꾸었다는
착각.
평화를 위한 촉매가 포옹이라면 그것은 성스럽다
한 지붕 아래 소 닭 보듯이 살고 있는
암수의 단순한 포옹과는 차원이 다른 신성함
출생과 동시에 짊어진 상처/결핍/모순까지도
끌어안으면 혁명이 완성되는가, 아니다

내가 누군가의 술국이 되어야만 하는데
오늘도 못하겠다 부끄럽구나 당나귀여

은밀한 생

바탕화면으로
가을비가 고여 넘친다

기계도 계절을 앓아서
빗물이 노트북 자판 사이로 흘러든다
푹푹 빠지며 오래 걸었던 해변의 모래알 속으로
추. 적. 추. 적. 스며든다

지구의 첫가을부터 지금까지
세상의 모든 바다는 가을비

멀리 물러서서 한 오라기 감정을 매만지며
머뭇거린 적 없다 나는
품에 안겨온 씨앗을 시들게 한 적 없다
현무암과 따개비의 흡착을
혼혈의 交感을 그리고
나를, 전투적으로 사랑했다

존재를 애무하던 바위틈 부드러운 해초들

그 모든 것을,

이제

잊기

바란다

황홀한 소멸을 향해 떨어지는 빗물

기록을 삭제하는 천 개의 손가락이 녹아 흐른다

生이라는

아름다운 이빨에 온전히 제 살점을 내어준 거대심해어

뼈 조각들이 은빛 별자리로 출렁거린다 여기는

나의 마지막 바다

고요히 가을비에 젖어

파스칼 끄냐르 은신처로 깃드는 밤이다

미농지를 위하여

2평짜리 고비사막 아침은 죽지 않아
뜬금없이 3월에 폭설 맞은 서울변두리
안나푸르나 능선을 등지고 출근
일터에서 싸우다 돌아오면
고리타분 논어맹자 암송하는 반투명 그림자 그러든지
말든지 나는 모르는 척 방에 들어와
옷을 벗어던지며 굳어있던 관절마다 돌리고
거울 앞에서 최신유행 에어로빅
요염하게 댄싱 퀸 댄스 하면서 폐허를 견디는데

이 모든 모순의 감각을 살리되 분절시키지 말고
긴팔로 뭐든지 끌어 모아 피 땀 눈물 체액
무덤의 시즙도 뒤섞고 아득한
별빛의 온기까지도 끌어당겨
손바닥으로 물컹 진흙으로 주물럭 반죽해서
무르농익은 홍시를 만들라는데
살인지 껍질인지 분간이 안가도록
삶에 차악 달라붙는 시를 쓰라는데

\>

나는 아직도 분노와 격정으로 달아오른 기름처럼

뜨거운 기름에 떨어진 물방울처럼

이리 튀고 저리 튀고 도대체 이가 맞지 않는 파편들

거칠기 짝이 없는데

선배님은, 입천장에 달라붙어 녹으면

근육으로 변하는 비아그라 미농지 내공처럼

문장이 바로 인격이라는데

A가 나를 외면할 때 내가 B를 외면하고 싶을 때

나만의 비밀 애인 시마詩魔는 독 오른 젖꼭지

황금가루 떠다니는 다락방

끝없이 물벼락 맞는 방파제처럼

나는 녹아내리지 않을 테다 가라앉지 않을 테다

닳아빠지지 않을 테다

내 안에서 우글거리는 바틀비*에 홀려

시만 쓰겠다고 매달려 끙끙거리는데

우물 안쪽 벽돌이 닳아빠져 성감대가 밋밋해지면

성불하는 건데 시 쓰는 맛이 싱거우면

무슨 신명으로 쓰겠어요 나는 아직 그렇게 차분하게는
안 써지는데요 예? 선배님,
갈고리에 끌려나온 익사체를
일부러 냄새도 맡으면서, 어금니 깨물고
찬찬히 뜯어본 적 있다는 선배님

아직도 나는 썩어가는 주검실체 마주 본 적 없고
어리석은 요동 가라앉히려면 멀었는데
주구장창 더 써야겠지요
내 젖은 허물, 사막에 펼쳐두고
근육으로 만들 때까지

* Herman Melville의 소설 『필경사 바틀비』의 주인공은 어떤 요구에
대해서 "안 그러고 싶다"라고 집요하게 대답한다.

3부

감상적인 들판

초여름 꽃무늬 양산에

구두 신고 낙산공원 오르내리기

가파른 나선계단 위 자살미수 때문에

심장 속, 피아노가 뚱땅거렸지

석양일배 후엔 능선이 세 겹으로 보여

서로 다른 절망을 교환하고

살갗 아래의 살갗으로 번개를 품었다는 것

가장 중요한 몸 조각은 비밀의 늪에서 몽상을 시작했지

장마 또 장마

빗물 꽃송이는 심야 슬리퍼를 따라다니고

누렁이가 있는 단골 산장으로 선지국 집으로

등산 또 등산 계곡 또 이어지는 계곡

어느 사이에 나는* 지쳐

커튼치고 혼자 있기로 했던 날

크루즈가 묶여있는 바닷가에서

전율하며 들었던 성가, 타오르게 하소서

>

낮술에 취해 일그러진 표정으로 성모상 노려보고
자연사한 해피 야산에 암매장하니 죽음은 늘
바로 곁에 있더라 드문드문 종종 하는 생각
어떻게 살아야 하나
찬란한 혁명은 없다
우주의 리듬 뚜꾸만tucumana의 달 노래처럼
우리 심장 속의 음악도 차면 기우는구나
늪으로 끌어당긴 몸, 속울음 겉울음 자주 울음
가끔 오해에서 영영 어긋남으로 불귀不歸

누구도 할 수 없는 짓을 서로에게 하고

눈물 머금은 그림자, 광야를 배경으로 서 있다
이 빈 자리를 보라
하늘이 무너져도 지평선이 둥근 것을

* 백석의 시 「南新義州 柳洞 朴時逢方」에서

한낮의 어둠

얼음물에서 헤엄친다

있으면서도 없고 없으면서도 있는
결빙과 용해의 바다

그 반복의 주기를 살아간다
거듭되는 고문을 통과한다

사랑이라고 발음하는 그때 너와 나는 녹아서
물이 된다 유빙과 유빙을 감싸 안고 떠받친다

어쩌다 몸은, 정신보다 더 정신적으로
얼음으로
우리의 진실을 증명한다

바다를 얼리는 힘

오존층에 뚫린 구멍이나 온실효과도 이겨낸다
언어보다 더 정직하고 날카로운

결빙, 팽팽한 얼음분자 결합의 진동

지나가고 날아가고 가차 없이 사라지겠지만*

보탤 것이 없다

뺄 수도 없다

* 순정한 영혼의 혁명가 빅토르 세르주의 글에서

오해

시계를 분해하면 시간에서
해방될 수 있다는 부적,
주술사의 문장이 붉다 그랬지
지난여름, 시계 없는 숲에는 부드럽고
젖은 손가락들로 가득 차서 우리가 만든
피그말리온 조각상에 숨을 불어넣고
애무하기 좋았는데, 그때는 몰랐지
속도의 계산법을

가을비를 마셨다
초절정 단풍은 취한 걸음으로 땅 끝 마을까지 내려간다

부르튼 입술들이 떨어져 쌓이고, 씁쓸해진
혀들은 서리 내린 땅속으로 깊어지겠지

단풍문신을 숨겨가는
손목에는 되찾은 시계가 채워진다
고속으로 멀어지는 버스를
마지막 노을과 낙엽능선이 따라온다

총 맞은 짐승이 흘리는 피처럼
쓸모없는 배란기 분비물처럼
나를 부르며 따라온다 소리 없이
눈알에서 마지막 먹물이 빠져나갈 때까지

지금 내 자궁을 차는 놈은
언제 무엇으로 태어날 것인가

피그말리온의 숲은
속도를 계산하지 않지만
속도의 주기에 순응한다
丹내 楓기는 숨결의 무게는 시간으로 나누어진다

녹이는 이야기

너는 착각하지
공백이 길수록 나의 그것이 자랄 거라고
질질 땅바닥에 끌고 다닐 거라고
너는 비웃으며
가위를 들고 선심 쓰듯이 나를 부르겠지, 잘라줄까?

천만에, 한오백년 견디기로 했지
나의 시간은 지상의 그것과 다르니까
잘 벼린 창끝으로 내 영토에 정지선을 그었지

어떤 가문의 해석은 싯다르타의 보리수만큼
도달하기 어렵지
유별난 가족사의 뿌리를 땅에서 꺼내
기어이 펼쳐봐야 해서
나는 결심했어 허접한 연시는 버리기로.
죽을 때 가져갈 업보가 무거워, 더 늦기 전에
수도승처럼 영혼을 고양시키기로 말이야

너는 투덜거리겠지

쳇, 뭘 새삼 그렇게 지루한 이야길.
지워지지 않는 핸드 프린팅을 새겼던 자는 누구냐고
이제 지문조차 지우고 싶은 소심증은 또 무엇이냐고

방향이 다른 칼금끼리 서로 겹쳐 만들어진
체크무늬 처음엔 낭만의 피륙.
하나 둘 익숙해지고 지루해, 체크무늬 질긴 구멍마다
염산을 흘려 넣어야 하지 고약한 코를 쥐고
따가운 눈을 감고 모조리 녹여버리자

첫 번째 여름
우리는 줄곧 여름이고 싶었지
그러나 거듭되는 여름
끈적이는 불쾌지수로만 남았지
연옥에서 불춤 추던 천 개의 혀들이
체크무늬와 함께 녹아 빠져나가려 하네

혼탁한 시즙이여 갠지스 강으로 흘러가라

>

암수의 모든 절망 나의 그것이나

너의 가위까지도 거뜬히 녹여버리는 염산의 기술이야

우리는 알고 있지 혼혈의 욕망주기를

수도승과 염산의 영혼이 겹치고 또 죄짓고

금세 지루해서 부글부글 녹아 흐르는 백일몽

독극물의 생멸은 멈추지 않아서

세 개의 달

청년과 전화기 :

친구야 친구야 너는 뭐를 좋아하니 핫도그 바나나

누가바 중에서 뭐를 제일 좋아하니 어젯밤 영화제 레드카펫

혜수는 뭐랄까 진짜 여신이야 그 가슴에 안기고 싶었어

친구야 내가 부르는 도돌이 노래를 들어봐, 물침대에서

기다리는 내 사랑 출렁거리는 혜수 가슴에 안기러 가는 길

이야

경로석 할머니 :

외따로 손거울 보기에 몰입 빨갛게 그리는 입술로 스마일

왼쪽

스마일 오른쪽 비추어보다 갑자기 일어나 노숙보따리 캐리

어를 끌고

지하철 끝에서 끝까지, 도돌이 자태가 여왕 같은 할머니는

거울궁전 속으로 들어간다 그녀의 빨간 키스마크들은

처음처럼 마지막처럼 피고 지고 또 피고

나는 왜 :

여기 앉아 손등에 박힌 철심만 생각하는가

─최악의 잉여인간이다 너 이 자식 한심한 짜식
밥 먹는 나에게 장기실업자 아버지가 무차별 쏘는
따발총을 막아보려고 있는 힘껏 시멘트벽을 쳤다 그러나
놀라워라 우리 시대 철심 의술은!
비스킷처럼 바스러진 뼈가 8주 후에 고정되어
내 주먹이 천하무적으로 진화한다면

무엇이 달라지는가 보려고 집 밖으로 탁상시계를 던지고
뛰쳐나왔어요 시간이 날아가는 것을 보려고
달의 시간은 갱도 속을 왕복해요
청년 할머니 나, 세 개의 달 三月의 그림자, 세 개의 얼굴

3×33, 333보다 더 많은 핫도그에서 침대까지
노숙에서 궁전까지 철심에서 천하무적까지

지옥에서 천국까지 믿음 천국 불신 지옥 믿습니까 아버지
석고붕대는 봄을 꽁꽁 동여매고 황사바람은 치사량 수준
인데 아버지
신생의 봄 새싹드릴은 하늘 아래 적이 없을까요

>

나는 왜 미친 달이 반복하는 그 시간 너머가 궁금할까요

거품청소기

 따라가고 싶었네 칭얼거리는 나에게 인형을 주고 꽃치마 엄마 혼자 마트로 갔네 나는 친구를 불러와 놀았네 엄마아빠 소꿉놀이하며 인형에게 다른 옷을 입혔네 소풍가방을 메고 인형유모차를 밀고 나갔네 낯선 놀이터에서 그네를 높이 더 높이 타고 모래밥에 유리조각 반찬을 비벼 먹었네 알록달록 막대사탕도 까먹었네 흙 묻은 옷을 입고 집으로 돌아왔네—배우처럼 화장을 했네 파티를 하고 콜라도 마셨네 양치질 안 하고 자기로 했네 엄마 망사잠옷을 입고 담요 텐트 속에서 잤네 꿈처럼 초록 발톱 요괴가 우리를 마구 할퀴고 도망갔네 피 흐르고 쓰라린데 엄마는 없네 빨간약을 찾을 수 없었네 욱신거리는 상처가 뜨겁게 부어올랐네 엄마가 보고 싶었네—어디선가 예쁜 엄마 웃음소리가 들렸네 어질러진 방을 허둥지둥 치웠네 거울에서 식은땀이 흘렀네 수건마다 축축하게 젖었네 무거운 청소기를 돌렸네 바닥을 스칠 때마다 구정물 거품이 왈칵왈칵 쏟아져 나왔네 마루도 방도 뿌연 거품이 부글거리는데 친구가 사라졌네 변기에서 싱크대에서 더러운 물이 거꾸로 넘쳐흘렀네 담요도 커텐도 젖어버렸네 겁에 질려 울 수도 없었네 캄캄해진 밤에선 천둥번개 치고 비바람이 불었네 현관문 가까이 발소리가 들렸네 벽으로 기어 다니던 바퀴벌레들이 구석으로 숨었네—갑자기 나타난 요괴 손이 내 입을 틀어막았네 돌아온 엄마에게 아무 소리 못하고 눈으로만 말했네 '엄마 왜, 치마가 텅 비었어요 치마에 꽃잎들은 모두 어디로 날아갔나요 입술이 없어진 엄마 무서워요' 눈도 귀도 희미해진 엄마, 입이 막힌 나를 못 본 척 마른걸레질만 계속했네 마술처럼 아파트는 깨끗하고 조용해졌네 늦은 밤 취한 아버지는 다른 집의 비밀번호를 꾹꾹 눌렀네

너의 방으로

겨울 강을 헤엄쳐 가는 것보다
한강다리를 통과하는 길이 더 어려운 저녁

한철 무성했던 가로수 나뭇가지들
천 개의 손가락은
마지막 메마름을 견디며 허공을 향해있다
울고 있는 어깨를 만지고 싶은 것이다
보이지 않는 틈새를 파고 들어간다

완벽한 자유는 詩에서도 불가능하고
겨우, 낡은 책들만 내다버린 나의 혁명 때문에
나쁜 꿈과 토막잠이 교대로 이어진다

묽은 악몽이 먼 바다 쪽으로 흘러간다
반투명한 유령들이 감기지 않는 눈을 뜬 채 누워
그윽 그윽 출렁이는 강

물결과 그 바깥
유령과 나 사이 그 경계는 조금씩 희미해지는가

틈새를 채우려 할수록 더 멀어지는가

울고 있는 사람이 나를 기다리는 곳으로
개와 늑대의 시간을 따라 가고 간다 나는
굴러간다 버스와 전철 그리고 버스
세상의 모든 톱니바퀴를 타고 간다
조바심치는 톱날이 그윽해질 때까지

여기 손가락들과 저기 울고 있는 어깨가
만나, 투명해질 때까지

강물은 왜

너를 삭제한 때는 雨期였다
뚝섬에서 콸콸 쏟아지는 흙탕물을 보았다

나는 조용한데
통곡하는 강물이 이상했던 날
우산이 없어도 춥지 않았다

폭우가 세상을 다시 바꾸는 동안
몸에서 도려낸 것을 버리고 돌아왔다

그 속을 알 수 없는 강
그 비를 다 맞던 사람

뜨거운 인육만두처럼 무럭무럭 김이 피어오르던

어제와 다르면서도
비슷한 하루 또 하루가 이어졌다

너 아닌 것들은 모두가 레고 블럭

\>

레고 城은 죄도 강물도 모른다
어디가
어디가 지옥인가

보리 베기

장기수 남편 곁을 떠나, 중국변방에서
순희는 김치를 만들어 팔았다
조선어를 사랑하는 엄마를 위해 어린 아들은
약 먹고 죽은 쥐를 잘 치워 주었다

기차길옆 모자의 집을 이웃남자가 드나들고
행상을 단속하는 경찰관도 순희를 탐했다

눈치 빠른 아들의 돌팔매질은 아팠다

커다란 물고기 연鳶에
온통 바다색 스프레이를 뿌려주고, 아들은
사고로 죽었다 끈 떨어진 물고기 한 마리
푸른 하늘로 헤엄쳐 가버렸다

아들의 뼛가루를 대지에 뿌린 다음날
쥐약으로 버무린 김치를 식당에 두고 나왔다
순희는, 치마를 꺼내 다려 입고
걸어갔다 긴 무명치마를 입고

거침없이 걸어갔다 거침없이
망종까지 베어야 하는 보리밭으로

모든 움직임이 캄캄해진 우주.
치마가 치마를 스치는 소리뿐
그것은 시퍼런 보리 베는 소리처럼 단호했다

* 순희 : 장률감독의 영화 「芒種망종」의 주인공

아물지 않는

한밤의 아이들이 여기에 있다
당신이 나에게 준 마지막 선물

사람은 걸어 나가고 검은 책이 남아있다
나의 겨울은 길다
뜨겁게 끓었던 속을 비우고도
여전히 온기를 품고 있는 차 주전자
둥근 도자기 몸통을 두 손으로 감싸들고
뺨에 대어본다

멀리 보이는 강은
지구의 나이만큼 흘러왔다
물소리에 시타르타가 깨달은 이치는 '흐름과 존재' 라지만
지금 나에겐 색다른 무언가 더 필요한데
강물은 묶일 수 없는 것만 보여준다

한밤의 아이들*은
침대보 구멍을 통한 탐색으로 시작한다
그 다음 모든 이야기는 뒤죽박죽이다 나에겐

믿기 어려운 현실과

오해로 짜여진 파노라마 불가사의한

저 강물은

나의 겨울은

아물지 않는 가슴 아직도 분열하는 구멍을 깊이 감추고

태연하게 흐르고 있을 뿐

아무것도 깨닫고 싶지 않다

* 한밤의 아이들 : 살만 루슈디 소설

휴지기

싸늘한 방에 누워 올려다보네 비스듬히
절개된 허공이 마음에 들어

창문에 검은 종이를 반 넘게 붙여야 했지
산비탈 아파트 조명이
내 꿈을 간섭했거든
빛을 가리고 있는 종이 바깥으로 밤이 보이네
준비하고 있는 것은 가을 낮 짙푸른 색
혼자만의 시간이 필요하지 어둠은
자신과 싸우면서 숨을 고르고 있어

기억해, 새로운 DNA가닥이 만들어지는 공백
세포가 분열되기 전 休止期라는 것을
이중나선이 갈라졌다가 빈칸을 채우듯이
세상모르는 애인과 만나 손깍지를 끼듯이 엎치락
뒤치락 어둠이 곰삭으면 최고의 파랑이 탄생하겠지

오래전이야, 포개진 가슴위로 스케이트 칼날이 수천 번
지나가고 투명한 얼음은 구정물이 되었지 다시 마주치지

않기를 바랐어 4차선 횡단보도 건너편 자코메티가 서 있던
그 날 뒤돌아 얼른 골목길 독방으로 숨었지

혼자서 파랑을 만들어가는 밤하늘과
나는 서로의 꿈을 지켜주고
기다리기로 했어 푸르스름
새벽 창을 천천히 열어두었지

1부터 9까지 나의 번호는?

수비학數秘學 고수 왈
사람마다 영혼의 고유번호 계산법이 있다고

생년은 전생부터 이어지는 우주에너지
생월은 부모의 에너지
생일은 아기의 영혼이 끌어당긴 기운이라고
내 數들의 총화는 바로 구르는 전차 이미지
벤허의 전차는 멋지기만 한데
나는 왜, 이렇게
이상하게 어긋나는 각도로
진흙투성이 무겁고 오래된 수레바퀴에 실려
계속 무엇이 되어가는 것일까
의심스러운 것을 의심하는 의심이 의심스럽다

여름이 끝나간다
18℃ 이하면 사라질 초파리는 짝짓기비행으로
황홀경이다
멈추지 못하는 것이 불쌍해지는 날

>

영혼의 제단에 수를 바친 피타고라스
당신은 깨달아서 자유로운가요
맹랑한 고민을 새삼 시작하는 내가
전차경주를 죽여주게 잘 하는
계산법을 만들어내면
그 얼마나 멋진 농담일까요

李箱 폐인

　사춘기 그의 첫 담배는 날개의 첫 페이지 때문인데
"육신이 흐느적흐느적하도록 피로했을 때만 정신이 은화
처럼 맑소. 니코틴이 내 횟배 앓는 뱃속으로 스미면 머릿속
에 으레 백지가 준비되는 법이오." 생각이 너무 많아 1주일
동안 겨우 10시간 잤다는 그는 어김없이 오늘도 석양일배
에 충성 불면치료를 받으라는 충고 따윈 공허하다

　이미 백골이 진토된 수전 손택을 깨워 동침하고 싶다는
사람 마을성당 조각상 고결한 성모마리아의 치마 속이 궁
금한 사람 복더위에 지린내 진동하는 외투를 서너 벌 껴입
고 미쳐 다니는 노숙자의 유두를 꽉꽉 깨물어주고 싶다는
사람 꽃등심 수북한 식탁에 벼룩의 간을 빼앗아 바치는 문
단마피아와 기회주의자를 증오하는 사람 도깨비시장 돼지
부속 곤드레나물 장치매운탕 식당 주모를 사랑하는 사람
낮밤을 지킬 하이드로 살아야 해서 어지러운 속을 지글지
글 태우지만 오롯한 정신 하나만큼은 놋주발처럼 짱짱한
사람

　활자중독 니코틴중독 알콜중독 등산에 중독된 그는 매일

저녁 허기져 간절한 어머니 젖 대신에 산장막걸리와 모두부를 먹는 수밖에, 그의 왕국 순수 예술가들에게 빨대 꽂힌 육신을 기꺼이 바치고 허허 웃으며 10년째 단벌옷만 고집하는 그 사람

　더 불쌍하고 어리숙한 친구에게 예술지상주의 노가리를 3시간 풀더니 술 계산을 미루고 슬쩍 나가버리네? 그래 좋다 이제야말로 도망칠 기회다 사이비교 광신도를 외골수로 마냥 벗 삼을 수는 없다 은하계 끄트머리 토굴에 숨어 일상의 즐거움과 연애하듯이 살아야겠다 그를 만나기 전처럼 땅의 열매 구워먹고 살찌운 나의 혈육과 알콩달콩 부대끼며 살고 지고 살고 지고

　아아 그러나, 그러나 밤새워 불면의 눈알 번뜩이며
　이상의 날개를 펄럭이며 광풍을 몰고 씽씽 날아서
　시마詩魔는 기어코 땅굴을 찾아내
　뜨거운 삼지창으로 나를 콱 찍어먹으러 올 것이다
　내 불온한 감자 하나가 독이 오를 즈음에

4부

언제부터일까

미세먼지 사라진 겨울 오후, 캠퍼스엔
영하에도 공놀이하는 청춘이 있다

시린 손바닥을 벗 삼아, 농구공은
이리저리 쿵쿵거리며 골대를 드나든다
얼기 싫은 바닥끼리는 대차게 통하는지
탄력을 받아주는 초록 우레탄처럼
나도 덩달아 그래, 그래, 경쾌해지고

언제부터일까, 나무의 씨눈이 촘촘해지고
코끝은 쨍하고 하늘이 푸른 오후
너만을 생각하며, 따끈한 붕어봉지를 들고
혼자 걷는 내가 마음에 든다

화려한 포장 딸기는 제철이 아니야
단맛도 빨간색도 근사하지만
근사할 뿐이라서 위험하거든
속 깊은 친구는 무쇠 틀에서 뜨거움을 견디고
바삭 구워진 붕어빵이야

>

미니붕어 황금잉어 원조붕어가 농구공 소리에 맞춰

혼자 걷기 좋아하는 겨울심장을 채워준 것은

언제부터일까

너와 나의 빈틈을

팥앙금으로 달달하게 채워준 것은

시들어가던 것들이 쿵쿵,

촘촘, 따끈하게 되살아나기 시작한 것은

두 번째 달 보내기

구로동 그늘 언덕
가장 유순한 흙부터 녹기 시작하고
쓱쓱 손바닥을 비비면
엄지 끄트머리 갈라졌던 굳은살도 보들해진다

감감 무소식 너의 곁에서
아무것도 기다리지 않던 내 곁으로
새 아지랑이가 피어올라
천천히
흐르고
돌아온다

무거웠던 왼발, 오른발, 걸었더니
아침 골목길이 움직인다
가방 멘 아이들이 지나가고
일터로 가는 사람은 첫 담배에 불을 당긴다

하루에 하나씩
손가락을 모두 활짝 펼치고 나면

열릴 것이다

3월의 맨 윗단추가

함께, 그리고 있다는

강물에서 모든 것이 왔다는 이유를 생각하며 걸었던 내가 그리고 10월은 푸르러 바람 부는 날, 옥상의 작은 음악회 초대장을 들고 광화문역에서 버스 기다림을 장군 아래 천막에선 기다림이 막막해 마른 어깨들이 더 오래 굶을 작정으로 모여 있음을 세종대왕님 무대에선 양반탈을 쓰고 덩덩 덩더쿵 모여 춤을 극히 다른 모습으로 광장에 '함께 있다'는 기묘한 공존을

단식과 탈춤은 과연 알 수 없는 기운으로 강물까지 이어져 있는지 지금은 불쑥 내가 그 어디로 딱 들어갈 수 없는 애매함을 배낭에는 수면양말과 찐 고구마가 묵직한데 강물에서 모든 것이 왔다는 말이 아름답긴 해도, 그 문장을 어디선가 들어서 잊히지 않는 이유를 모르겠고 요즈음 자꾸 떠오르는 이유 또한 모르겠지만 광장이나 강물이나 경계는 없으니

자하문로 복지관 옥상에선 푸른 기와집도 보이고 장애우를 위한 자선 음악회도 열리고 바이올린 우크렐레 피리 아코디언까지 어우러져 방랑자 노래도 잠깐 흥얼거려보지만

그다지 즐거울 수만은 없어, 어쩐지 이 기묘한 모순은 강물
에서 시작되었다는 이유를 또 생각하는데

뒤늦게, 건너편 주민센타 천막으로 들고 간 고구마배낭
이 깃털보다 가볍고 부끄러워, 금세 바스러질 듯한 유가족
의 낙엽 손을 잡고 마른 어깨를 만지려다 주춤해지는 이유
를, 봄부터 이어진 무기력함을 옥상이나 여기 천막이나 탈
춤이나 단식처럼 우리의 시작은 하나일까

그 문장의 질긴 그림자가 여기 천막의 나를 저기 옥상의
나를 따라다니고 미스테리 非文 같으면서 삶의 秘文 같기
도 한데 어리석은 내가 그 뜻도 모르고 죽으면 납골당에 새
겨질 碑文 같기도 해서 참 서글픈데, 그 말이 불치의 이명
으로 이어지고

침몰하는 배를 화면으로 지켜보던 날처럼
무서운 하루를 또 살아야 했다

마리텔

이 섬의 조약돌을 가지고 나가면
여기로 다시 오게 된다는 전설,
섬돌이 모두 사라질 걱정은 없어요
다시 와서 제자리에 두기 때문이죠
남녀 주인공은 마주보며 침묵
김밥을 먹다 말고 나는 드라마 대사를 저장한다

마이 리틀 텔레비전님
푸드 포르노 신도를 요리해주세요
식감을 망가뜨리지 말고 톡톡 새콤 아삭한 느낌도 살려서
식당 벽걸이 TV는 혼자 먹는 사람의 친구죠
유명 맛집을 다니며 누구라도 넘어올 때까지
그의 입술은 냠냠 쩝 꿀꺽 쏼라쏼라

갸름하고 푸른 달이 느릿느릿 버스를 따라온다
종점에서 종점까지 졸고 있는 나를 따라온다

가수면 틈틈이 감상하는 핵무기실험과 선거
테러방지와 국회 뉴스 또 뉴스들

>
요즘 대세는…모래…예술…모래…영상…

이렇게 사는 것은 꿈일까
아름다운 섬, 맨발로 걸어 다니는 모래밭
전생이든 현생이든
혼자 걷는 사람은 알고 있다
되돌아가는 발자국이 남기는 생각을

전망대

도깨비시장 출발 그리피스 도착
시차 16시간
앉은뱅이 술집에서 멀고 먼 천문대까지

어떤 밤들의 문제는
육회의 신선도가 아니라 굶주림에 대한 것
비아그라가 아니라 노숙에 대한 것이다
죽은 아이의 생일에 편지를 쓰는 가족
그 옆에서는 귀뚜라미도 울지 않는다
황금바이러스에 젖어 꼬불거리는 음모로 채워진 뉴스들
혐의를 완강하게 부인하는 책임자들
여기는 침몰한 배와 황사바람으로 채워질 것인가

나는 나를 알 수 없네 나는 나를
새로운 얼굴을 찾아가는 길, 내일부터
나만의 지도를 만들기 시작한다면

허벅지 안쪽 근육에 힘이 생기고 신발 끈이 팽팽해진다
발목에 매달린 것은 모래주머니뿐인가 최신망원경을 배낭

에 챙겨도 다리는 무겁다, 둥근 지평선과 하늘이 보일 듯
말듯, 태반에서 빠져나온 신생의 별들이 참았던 재채기를
한꺼번에 할 때, 헉헉 제자리걸음하다 잠에서 깬다

　전생은 물티슈로 지워진 이야기처럼
　동서남북 모든 게 처음이라고? 하지만
　아침 거울이 왜 이렇게 낯익을까

벽난로가 타는 집

연기가 잘 빠진다 오빠의 벽난로는

연통이 높다 장작들은 삼각형으로 서로 기대어

불은 다정다감 잘 타오른다

기하학과 물리학 그리고 경제학의

삼각소통이 수월하도록

중년부터 낚시라는 마력에 홀려 세운 호숫가 별장

오빠의 노후대비 난로불꽃이

와인 병을 비추며 타오르는 저녁

친정나들이 온 나는 벽걸이TV '무한도전' 쇼가 재미있어

웃음을 허허 날린다 그렇게라도 웃어야

향기로운 포도주처럼 발효되지 못한 채 쉰내 큼큼한

서로의 이질감을 견딜 수 있다

오래된 영화의 노래처럼 '클라임 에브리 마운틴'

하지 못하고 소심했던 오누이는 7년 연애결혼 부부나

첫 중매결혼 부부 모두 불면의 겨울밤 각방 신세다

'너의 꿈을 찾을 때까지 모든 산을 올라가' 보라고

커가는 애들에게 말해주고 싶은데… 어쩌면

가족은 장작불과 연기와 재를 끌어안고

꼼짝달싹 못하는 벽난로일까
저 푸른 초원 위에 그림 같은 집 마당
닭장에서 생겨난 병아리가 모이를 자꾸만 뺏겨서

애가 타는 아버진, 따로 둥지를 만들어 키우자 하시고
오빠는 놔먹이자고 적자생존을 들먹이는 지금
나는 직장생활 30년에 닭장 같은
집 한 칸도 없어서 또 허허 웃어본다
북서풍 세찬 오늘밤, 토막 나버린 꿈의 무한도전이
벽난로 속에서 우물쭈물 타오른다

近死체험

말린 토란대에선 오래된 밧줄냄새가 난다

모두가 곁을 떠난 자정
혼자 잠들었다 깼다 하면서 누워있기
떨어지는 링거액 방울과 나는 가늘고
가느다랗게 느끼고 있구나 함께 견디고 있구나

최고점과 최저점을 평균에 합산하지 않는 것은
그들만의 계산방식
여기와 저기를 나누는 경계막은 이제
위태롭고 연약하다
다른 차원으로 증발하고 있다

아십니까, 의지가 말소된 몸을 산소튜브로 묶어두기
원치 않는데 내가 나를 어찌할 수 없는데
당하는 기분을 아십니까

오늘은 이만큼만 생각해야지
오늘은 이만큼만 겪어봐야지

>

질기고 오래된 밧줄이 부드러워진 육개장

喪家에선 붉은 고깃국을 끓인다

죽은 소의 살과 고추기름 둥둥

그러니까

풀어주세요 그 억지매듭을

들숨날숨

낯선 골짜기 여기저기
그림자를 찢어 버리며 다녔어
나머지 삶이
그 조각을 되찾아 이어 붙이는 거라면
머리에 쥐가 나고 살이 떨려
아직도 자석처럼 그림자 쪽으로 끌리는 나.
냉수를 마시고 시작해야겠어

비참과 절망의 바닥까지 들이켰던 적 있으니
끙끙 앓았던 겨울밤이 쌓였으니
조금이라도 키가 자랐나, 품이 넓어졌나

그림자 조각을 이어 붙이는
바늘이 오르내리는 자리마다 피가 맺히네
마지막 문신이 땀땀이 새겨지네
헤쳐 모인 것들의 경계가 욱신거려도
나는 뭐든지 혼자서도 잘하지
혼자 삼키고 혼자 뱉어내고 할 수 있지

\>

펭귄은 북극으로 흰곰은 남극으로 여행하는 것
너의 꿈을 방해하지 않겠어

나의 꿈은 속에 늘 품고 있는 단검으로
굳은살 벗기기, 숨은 것들 콕 찔러 꺼내보기
손잡이가 빨간
그 칼날 칼끝을 생생하게 느끼고 싶어

어둠속에 누워서
배꼽의 오르내림이 그리는 곡선
호흡의 느낌을 똑바로 보는 거야

로터리와 장미의 역사

부풀고 무르익는다
갓 구워 반접은 와플에는
맹수의 발톱을 감춘 하얀 주먹
까만 주먹 아이스크림이 들어있다
바닐라와 초콜릿이 섞이고
녹아들어간다 달콤한 애인의
혀를 지나 창자 속으로

6월의 로터리 화단
울타리를 따라서 자라는 장미들은
바깥이 궁금해 목을 기대고 서 있다
활짝 벌어진다 꽃잎은
완벽한 열정의 가장자리부터
상하고 시들어가고
그것은 여름의 일

장미는 회전을 견디고 있는가
불의 고리에서 생기는 사소한 소동
이별이든 연쇄 추돌사고든

로터리 잘못이 아닌 것처럼

와플 아이스크림

맛있고 둥근 것은 무죄다

벵갈호랑이들은 서로의 꼬리를 따라 뱅글뱅글 돌다가

버터보다 기름보다 좋은 연고가 되었다

상처가 아무는 해피엔딩

같지만, 끝이 아니다

무너지지 않아

아이는 씨앗을 심었다 흙이 좋은 마당
조르르 심은 데서 떡잎이 자랐다

차압을 피하려고 가장이 끌고 온
금형 1톤이 그 연두를
뭉개기 전까지 잘 자랐다
안 돼 그쪽은 안 돼 아빠 그러지마
남향집의 햇빛과 어린 식물은
무쇠덩어리에 깔렸다

기와 깨진 틈으로 장마 빗물이 스며들고
얼룩진 천정은 무거워서 울었다
일 다녀온 엄마는 물받이 대야 2개를
마루에 놓고 모로 누웠다
두드림 소리가 다른 비를 친구 삼아 놀던 아이
나는 빗방울 노래를 만들 거야
얼룩으로 사람을 그릴 거야
생각이 자라서
모든 것을 영상으로 만들기로 했다

\>

먼 나라에서 공부하는 아이가
붉은 열매를 보여주었다
하숙집 정원에 심은 씨앗이 싹트고
방울토마토가 익어가는 사진들
모자만 알고 있는 얼룩과 빗물의 이야기

더 좋은 카메라와 렌즈를 사거라
암보험을, 해약하고, 송금했다

어린 까마귀가 다녀가는 옥상

하겠다는 것 느끼겠다는 것

인도에 가지 않아도 겪어본 적 있다 나만의 타지마할
대리석 궁전도 구름의 무덤인 것을 안다

늦가을 옥상에는 북서풍이 불어 닥치고
마음이 생겼다
깃대를 세웠다

다른 삶의 기류가 시작된 날
어떻게 그러냐고 쑤군거리든 말든
우러나는 만큼
감당할 수 있을 만큼

그 아래 건너편 고물 처리장
포크레인 기사는 캠핑 파라솔을 세웠다
그늘도 되고 비도 가리고
룰루랄라 기름 친 관절마다 단독자의 리듬
무소속의 율동은 구겨져 있다가 튀어나왔다

>

좀 더 움직이는 것 좀 더 느끼는 것
나중에 저기서가 아니고 지금 여기서

내 어린 까마귀가
옥상에서 춤을 추는 동안

해설

미(美)를 향해 가는 깊은 마음의 지도

현순영(문학평론가)

미(美)를 향해 가는 깊은 마음의 지도[1]

현순영(문학평론가)

1. 「은밀한 생」을 어디에?

배성희 시인의 두 번째 시집 『타오르던 암벽에서』의 해설을 쓰기로 하고, 막 준비를 시작하던 지난 늦여름 어느 날, 시인의 이메일을 받았다. 「은밀한 생」의 위치를 바꾸면 어떻겠느냐는 내용이었다. 「은밀한 생」은 2부에 배치되어 있었는데 시인은 그 작품을 4부, 「어린 까마귀가 다녀가는 옥상」 앞으로 옮기면 어떻겠느냐고 물었다. 나는 시인에게 시집을 하나의 작품으로 생각하며 시의 배열 역시 작품성과 관계가 있다고 생각하므로 시인이 「은밀한 생」의 위치를 결정하면 그에 따라 해설을 쓰겠다고 답변했다. 시인은 얼마 뒤 다시 연락해 왔다. 「은밀한 생」을 그대로 2부에 두겠다고 했다.

해설을 쓰기 위해 원고를 반복해 읽으면서 「은밀한 생」을 어디에 둘 것인가 하는 시인의 고민을 이해할 수 있을 것 같았다. 그리고 그

---

[1] "깊은 마음의 지도"는 김우창의 책 제목 "깊은 마음의 생태학"을 빌려 변형한 것이다. 김우창, 「깊은 마음의 생태학」, 김영사, 2014. 참조.

고민 자체가 이 시집을 깊이 읽는 길 중 하나가 될 수 있겠다고 생각했다. 시인은 「은밀한 생」을 2부에 그대로 두겠다고 했으나 여전히 고민하고 있을 것 같다. 그 고민은 이 시집을 잘 읽어 보고 싶은 독자의 몫이 되어도 좋을 것 같다.

이 시집은 '은밀한 생(生)'을 지펴 그 힘으로 삶을 밀고 나가는 시적 주체의 마음의 이야기를 담고 있다. 다시 말하면, 나는 『타오르던 암벽에서』의 예술적 의의를 이 특별한 주제에서 찾고 싶다. 이 시집의 시들 중 나름의 시적 성취를 거두고 있는 작품들, 「미에 대하여」, 「바람의 신부」, 「8 · 15 전야」, 「당나귀는 살아있다」, 「은밀한 생」, 「어린 까마귀가 다녀가는 옥상」 등이 바로 고통의 끝에서 은밀한 생을 살게 되고 그 은밀한 생의 힘으로 현실을 살아가는 존재의 마음의 조각들이라고 생각했기 때문이다. 나는 이 글에서 그 조각들을 조심스럽게 이어 붙여 보려 한다. 그 과정에서 「은밀한 생」을 어디에 두어야 할지, 어디쯤에서 어떻게 읽어야 할지도 생각하게 될 것이다.

2. 고통의 사다리를 오르며 신에게 다가가는 낙타

은밀한 생이란 무엇인가? 이 물음에 답하기 위해 『타오르던 암벽에서』의 원고를 읽으며 서영은의 「먼 그대」, 루쉰의 「아Q 정전」, 허먼 멜빌의 「바틀비」를 떠올렸다는 얘기를 먼저 해야겠다. 작품들이 작품들을 환기하고 호명했던 것이다. 이 소설들에는, 한마디로 말해서, '자기 식'으로 살아가는 주인공들이 등장한다. 「먼 그대」의 '문자', 「아Q 정전」의 '아Q', 「바틀비」의 '바틀비'는 특유의 태도와 행동방식 또는 사고방식으로 살아간다. 나는 그 중에서도 특히 「먼 그대」의 문자를 깊이 생각했다. 문자를 통해 은밀한 생이 무엇인지 설명할 수 있을 것 같았기 때문이다. 좀 길어질지 모르지만, 문자 이야기를 구체적으로 해 볼까 한다.[2]

　문자는 아Q와 바틀비처럼 개성적으로 살아가는 인물이다. 구체적으로 말해서, 문자는 지극히 이타적인 태도와 행동방식으로 살아간다. 문자의 삶은 터무니없는 희생으로 점철되어 있다. 그런데 문자의 삶은 그녀의 또 다른 삶, 내면적 삶에서 비롯되는 것이다. 즉 문자는 아주 비밀스러운 내면적 삶을 살아가고 있으며 그 내면적 삶에 현실의 삶을 종속시킨다. 문자의 그 비밀스럽고 내면적인 삶을 바로 '은밀한 생'이라 부를 수 있다. 문자의 은밀한 생은 '신(神)에게 복수하기'이다. 문자는 그녀의 고통이 극에 달했을 때에야 겨우 나타나 그녀를 위로하려고 기다리고 있는 신을 무력하게 만들려 한다. 문자는 그녀에게 고통의 운명을 주어 놓고 그녀가 못 견뎌 신음하면 자비를 베풀려고 기다리고 있는 신에게 복수하려 한다. 그런 은밀한 생의 에너지를 문자는 스스로 "맘속의 어떤 그윽하고 힘찬 상태", "'어떤 상황, 어떤 조건 아래서도 나는 살아갈 수 있다'는 절대 긍정적 자신감"으로 감지한다. 문자의 은밀한 생은 그녀로 하여금 현실을 매우 이타적이고 희생적으로 살아가게 한다. 즉 그녀로 하여금 현실의 모든 고통을 감내하게 한다. "가리마에 새치가 희끗희끗하도록 무엇 하나 이룩해 논 것 없이" 편집부 말석에서 교정일로만 십 년을 보낸, 남루한 행색과 스산한 분위기의 노처녀 문자에 대한 직장

---

2) 1983년 『이상문학상수상작품집』에 실린 서영은의 「먼 그대」를 텍스트로 삼는다.

동료들의 면박과 따돌림과 부당한 괴롭힘, 그 따위는 문자에겐 고통거리도 아니다. 문자는 심지어 '한수'에게서도 고통을 느끼지 않는다. 아니, 한수가 세워 놓은 고통의 사다리를 묵묵히 오르며 자신의 진정한 적수인 신에게 조금씩 조금씩 다가간다.

사실, 문자의 은밀한 생은 한수 때문에 시작되었다. 한수는 극도의 이기심으로 계속 문자에게 고통을 주었고, 고통의 끝에서 문자는 은밀한 생을 살기 시작했던 것이다. 문자가 한수를 사랑하기 시작한 것은 십 년 전이었다. 한수는 아내와 자식들이 있는 남자였고, 여당 소속 국회위원의 비서라는 허울 좋은 직업이 있었지만 가난했다. 문자는 한수를 사랑했고 그를 등불로 또는 신으로 여기며 그에게 기꺼이 헌신했다. 그러나 한수는 이기적이었다. 한수가 모시던 국회의원이 장관으로 발탁되고 한수는 그의 도움으로 반관반민의 한 광업소 소장으로 임명되었다. 한수는 문자와 정식으로 딴살림을 꾸리고도 남을 만큼 풍족해졌다. 그러나 그는 문자에게 아무것도 나눠주지 않았다. 무엇을 주기 시작하면 문자가 계속 요구해 오지 않을까 겁이 났기 때문이다. 반면, 문자는 더욱 쪼들리기 시작했다. 집주인이 방값을 올리자 돈을 구하다 못해 끝내 방을 옮겨야 했고, 게다가 물가가 많이 올라 한수를 '모시기' 위해서는 자신이 쓰는 돈을 더 많이 줄여야 했다. 한수의 몸에서는 날이 갈수록 기름기가 번지르르 흘렀다. 그의 구두와 와이셔츠와 넥타이와 커프스버튼과 내의는 매번 바뀌었다. 문자의 손길이 닿아야 비로소 금빛으로 물들었던 것들이 오히려 그녀의 가슴을 미어지게 했다. 그녀의 내면에 해일이 일고 번개가 치고 폭풍이 몰아치는 종말 같은 나날이 이어졌다. 또 다시 방값이 올라 온종일 방을 구하러 다니다 돌아오던 날 밤, 문자는 안주도 없이 단숨에 소주 두 병을 비우고 나서 의식을 잃었다. 다음날 아침, 문자는 눈부신 아침 햇살과 끈적거리는 오물 속에서 눈을 떴다. 그녀는 새로이 눈물이 괴어올라 눈앞이 어룽거리자 이를 악물었다. 바로 그때였다. '낙타'가 그녀 속에서 몸을 일으켜 세운 것은. 낙타는 외쳤다. "고통이여, 어서 나를 찔러라. 너의 무자비한 칼날이 나를 갈가리 찢어도 나는 산다. 다리로 설 수 없으면 몸통으로라도, 몸통이 없으면 모가지만으로라도. 지금보다 더한 고통 속에 나를 세워놓더라도 나는 결코 항복하지 않을 거야. 그가 나에게 준 고통을 나는 철저히 그를 사랑함으로써 복수할 테야. 나는 어디도 가지 않고 이 한자리에서 주어진 그대로를 가지고도 살 수 있다는 것을 보여줄 테야. 그래, 그에게 뿐만 아니라, 내게 이런 운명을 마련해 놓고 내가 못 견디어 신음하면 자비를 베풀려고 기다리고 있는 신에게도 나는 멋지게 복수할 거야!" 낙타의 외침은 은밀한 생의 시작을 알리는 문자의 자신만의 선언이었다.

낙타의 출현 이후, 문자의 마음속에서는 한수가 가진 모든 것들이 무의미해졌다. 한수의 욕망이 그의 문전에 줄을 잇는 업자들의 선물 상자와 돈 봉투를 딛고 끝없이 높아지는 것을 문자는 담담히 지켜볼 뿐이었다.

그런데 한수는 곧 자영을 해보겠다고 중석 광산 하나를 사들이면서 모든 재산을 쏟아 부었다. 그 와중에 문자가 한수의 딸 '옥조'를 낳았다. 한수는 문자가 옥조를 낳은 지 한 달도 못되어서 아내를 시켜 옥조를 빼앗아오게 했다. 그는 옥조를 데려오면 문자를 영원히

자기 곁에 붙잡아 둘 수 있으리라 생각했다.

　옥조를 빼앗길 것 같은 예감에 시달리며 문자는 온갖 고통을 감내하는 삶에 대해 처음으로 회의했다. 한수의 아내가 나타나기 며칠 전부터 문자는 밤마다 옥조를 빼앗기는 악몽을 꾸었다. 그러다가 문자는 누군가를 향해 무릎을 꿇고 울며 탄원했다. "그러면 왜 안 된다는 거지? 나는 그동안 너무 힘들었어. 연명할 것만 남기고 나는 늘 빈손으로 지냈어. 내 손은 무엇을 움켜쥐는 버릇을 잊은 지 오래야. 하지만 이제 내 속으로 난 혈육만큼은 놓치고 싶지 않아. 위안 받기를 거부하는 일이 이제는 너무 힘들어! 고통스러워!" 그런데 그때 또다시 그녀 속에서 낙타가 우뚝 몸을 일으켰다. "너는 할 수 있어. 도달하기 위한 높은 것을 맘속에 지님으로써 너는 고통스러울지 모르지만 그 고통이 너를 높은 곳에 이르게 하는 사다리가 되는 거야."

　문자는 고개를 가로저으며 신음했지만, 낙타의 두 번째 출현으로 문자의 은밀한 생은 본격적으로 힘을 발휘하기 시작했다. 마지 그녀는 고통 받기 위해 사는 사람처럼 살았다. 한수의 아내에게 옥조를 순순히 내주었고, 한수의 끊임없는 돈 요구도 다 들어주었다.

　사실 문자를 단련시키며 한 걸음 한 걸음 나아가게 한 것은 한수의 돈 요구였다. 계엄령이 선포되고 국회와 내각이 해체되자, 한수는 완전히 망했다. 망한 뒤 한수는 문자에게서 매달 얼마씩 돈을 가져갔고 그 외에도 문자에게 이따금 목돈을 요구했다. 그러나 문자는 한 번도 한수에게 돈이 왜 필요한지 묻지 않았다. 옥조를 그가 데리고 있으니, 그를 도와주면 옥조에게도 도움이 될 거라 생각했기 때문이다. 아니, 더 중요한 이유는 따로 있었다. 문자는 은밀한 생의 힘으로 살고 있었기 때문에 한수의 요구를 묵묵히 들어줄 수 있었다. 사실, 은밀한 생의 힘으로 산다는 것은 은밀한 생의 목표를 이루기 위해 산다는 것을 뜻한다. 문자의 은밀한 생의 목표는 신에게 복수하는 것이었다. 문자는 어떤 시련에도 고통스러워하지 않고 어떤 시련도 거뜬히 넘어섬으로써 신에게 복수하려고 했다. 그래서 한수의 돈 요구를 들어주는 것에 문자는 고통을 느껴서는 안 되었다. 고통을 느끼는 순간 문자는 신에게 지는 것이었다.

어느 토요일, 문자가 이모에게 돈을 빌려다 한수에게 쥐어 준다는 이야기가 이 소설의 중심 서사이다. 그 서사는 신에게 복수하기 위해 한수가 어떤 고통을 주어도 감내하겠다는 문자의 결의와 다짐을, 그녀가 마음을 다잡는 언어들을 양각(陽刻)하는 데에 바쳐진다. 먼저, 윤택함이 넘치는 이모네 거실에서 문자는 생각한다. "약한 사람들은 자신의 삶을 보드라운 소파와 양탄자와 금칠을 한 벽난로와 비싼 그림과 쾌적한 침대 위에 세운다. 그런 뒤엔 그 물질로 해서 알게 된 쾌적한 맛에 길들여져 그들은 이내 물질의 노예가 된다. 그들의 갈망은 끝없이 쓰다듬는 손길에 의해서 잠을 잘 잔 말의 갈기와 같다. 허지만 내 정신의 갈기는 만족을 모르는 채 항시 세찬 바람에 펄럭이기를 갈망한다." 다음으로, 이모가 옥조를 데려오라고 하자 문자는 그렇게 하지 않겠다며 징기스칸에 대해 이야기한다. "그는 금나라를 치고 나서, 그 낯선 나라의 낯선 사람에게 자기 아들을 버리고 떠나더군요. 징기스칸으로 하여금 영원한 영웅이 되게 한 것은 아들을 버림으로써 사랑까지도 밟고 지나갈 수 있었던 바로 그 힘이었던 것 같아요. 소유에 대한 집념과 마찬가지로 혈육 역시도 초

극되어야 할 그 무엇이라 여겨져요. 나는 꼭 누구랑 끊임없이 대결하는 긴장 상태 속에서 살고 있는 것 같아요." 그런가 하면, 문자는 이모가 재혼을 권하자, 정부가 도시로 나오라고 돈다발로 유혹해도 "푸른 물길"로 이끄는 "신의 길"을 따라 갈증뿐인 사막 속으로 점점 더 깊이 들어간다는 리비아 사막 유목민들의 이야기를 떠올린다. 또, 이모의 거실에 걸린 옥조의 사진을 보면서는 이렇게 생각한다. "가엾은 자식. 엄마가 네게 지운 짐이 너무 가혹하지? 하지만 너도 네 힘으로 네 속에서 낙타를 끌어내야 한다. 엄마가 너의 삶을 안락한 강변도 있는데 굳이 고통의 늪가에다 던져 놓은 이유를 그 낙타가 알게 해줄 거야. 그것이 사랑이란 것을 알게 해줄 거야." 문자는 소유와 안락에 대한 욕망을 버리고 혈육에 대한 사랑도 초극하여 결국 영웅이 되려 한다. 그 영웅은 신과 대결하고 끝내 신을 이기는 자이다. 신에게 복수하는 것이 문자의 은밀한 생의 목표이다. 문자는 매 순간 그 목표를 향한 자신의 의지를 소통되지 않는 들뜬 언어들로 다지는 것이다.

더 있다. 문자는 이모에게 돈을 빌려 집에 가는 길, 언덕을 오르다가 고목나무 아래서 다리를 쉰다. 그리고 고목나무에 자신을 투사한다. 그 대목은 이렇게 서술된다. "그 고목은 몸뚱아리가 온전치 못한 불구의 몸임에도 늠름한 키에 풍성한 가지를 지니고 있었다. 그의 가지 하나하나가 모두 하늘을 어루만지려는 갈망의 손으로 보였다. 저토록 높은 데까지 갈망의 손길을 뻗치기 위해서는 아마도 그의 뿌리는 자기 키의 몇 배나 깊이 땅속으로 더듬어 들어갔을 것이다. 생명수를 찾아 부단히, 차고 견고한 흙속으로 하얀 의지를 뻗쳤다. 나무의 뿌리가, 자신의 발밑에 맞닿아 있다는 것을 생각하면 문자는 시린 삶의 아픔이 가시는 듯한 위안을 느꼈다." 이 대목에서 문자는 자신의 생각을 사물에 투사하는 상태, 사물을 자신의 관점으로 해석하는 상태, 사물을 자아화하는 상태, 서정적인 상태에 도달한다.

만약 이 대목에서 「먼 그대」가 끝난다면 우리는 이 작품이 조금 희극적이라고 생각할지 모른다. 신에 맞서 영웅이 되려는 문자를 돈키호테처럼 느낄지 모른다. 문자가 은밀한 생의 목표를 이루려 고통을 감내하는 자신의 처지에 대해 회의하는 다음 장면이 없다면 말이다. 문자가 집에 도착하자 다짜고짜 주인 여자는 한수가 취해 문간과 담벼락에 오줌을 지렸다고 말한다. 문자는 한수의 오줌 흔적을 묵묵히 씻어내며 자신에게 묻는다. "고통의 사다리를 오르는 일이 다 쓸 데 없는 짓이라면? 이 길의 끝에 아무것도 없다면? 모든 것이 다 조작된 의미라면? 아픔과 고통의 끝이 또 다른 아픔과 고통의 연속으로 이어진다면……" 이러한 회의는 신에게 복수하겠다며 온갖 고통을 감내하는 문자가 한낱 인간일 뿐임을 증명하며 문자라는 인물에 개연성과 진실성을 부여한다.

한수는 돈을 받아들자마자 문자의 방을 나선다. 문자는 멀리 사라지는 한수를 자신에게 "한층 큰 시련을 주기 위해 더 높은 곳으로 멀어지는 신의 등불"처럼 여긴다. 문자의 온몸은 "그것에 도달하고픈 열렬한 갈망으로 또 다시 갈기처럼 펄럭"인다.

「먼 그대」의 주인공 문자에 관해 이야기한 이유는 은밀한 생이 무엇인지를 말하기 위해서였다. 정리하자면, 은밀한 생은 어떤 존재가 고통의 끝에서 스스로 자신의 깊고 어두운 마음에 지피는 불과 같다. 그 불의 에너지로 존재는 현실을 살아간다. 문자의 은밀한 생은 '신에게 복수하기'이다. 그 은밀한 생의 힘으로 문자는 현실의 고통을 감내하며 살아간다. 타인은 문자의 은밀한 생을 모른다. 그래서 타인에게 문자는 이상할 정도로 이타적이고 바보 같은 사람으로 보인다.

「먼 그대」의 문자처럼 『타오르던 암벽에서』의 시적 주체인 '나'도 고통의 끝에서 은밀한 생을 살기 시작한다. 문자의 은밀한 생은, 여러 번 말했듯이, '신에게 복수하기'이다. 그런데 『타오르던 암벽에서』의 '나'의 은밀한 생은, 미리 말하자면, '어머니로서 살기'이다. (물론 그것이 다가 아니다. 나머지 이야기는 좀 미루고자 한다. 그 이야기는 우리를 매우 깊은 서정의 세계로 이끌 것이다.) 다른 점은 또 있다. 「먼 그대」의 중심 서사는 '신에게 복수하기'라는 은밀한 생의 목표를 향해 살아가는 문자의 다짐과 결의를, 삶에 대한 문자의 대결 의지를 양각하는 데에 바쳐진다. 그러나 『타오르던 암벽에서』에서는 은밀한 생의 힘으로 인해 '나'의 존재와 삶이 서로 삼투하는, 아프지만 아름다운 광경을 목격할 수 있다. 그 차이는 서사와 서정, 소설과 시의 차이이다. 그 차이를 파악할 때 『타오르던 암벽에서』의 서정적 깊이와 아름다움을 더 잘 느낄 수 있다. 독자들이 그 차이를 파악하는 데에 도움이 되었으면 하는 바람 때문에 문자 이야기를 은밀한 생이 무엇인지 설명하고도 남을 만큼 길게 할 수밖에 없었다.

3. 고통의 삶, 유랑 그리고 사랑

『타오르던 암벽에서』의 시적 주체인 '나'는 처음부터 은밀한 생의 소유자는 아니었다. '나'는 고통스런 삶을 그저 견디는 존재였다. '나'의 고통은 시인의 고통과 연관되어 있을 것인데, 그 고통의 면면을 추정하거나 추론하는 것은 이 자리에서 꼭 해야 할 일은 아니며, 할 수 있는 일도 아니다. 그보다는 고통스런 '나'가 형상화되는 양상을 살피는 일이 더 중요하다. 그 양상은 대체로 두 가지이다. 첫째, '나'는 자주 그로테스크한 이미지로 형상화된다. 「그는 나에게」에서 '나'는 이렇게 그려진다. "온갖 매듭으로 헝클어진 머리채 주름진 모가지를 주욱 빼 팔 기둥 사이에 간신히 세우고 식은땀 흘린다 집에서도 눈물이 흐른다". '나'의 그로테스크한 형상은 「漁客」에서도 발견된다. "깊이 묻은 것을 파헤쳐 찾아내고… / 그 다음 / 허둥지둥 뒷발질로 / 흙을 덮고 달아나는 얼룩개 같은 기분으로 / 방광염에 시달리는 하루가 또 / 줄줄 샌다". 물론, 「1부터 9까지 나의 번호는?」의 "나는 왜, 이렇게 / 이상하게 어긋나는 각도로 / 진흙투성이 무겁고 오래된 수레바퀴에 실려 / 계속 무엇이 되어 가는 것일까", 「마리텔」의 "종점에서 종점까지 졸고 있는 나" 등의 표현도 그로테스크하달 것까지는 없으나 고통스런 '나'의 형상화라는 점에서 주목된다. 둘째, '나'는 자주 삶에 대한 '지고(至高)한 말씀'들을 삶의 고통을 호도하는 거짓으로 부정한다. 「그는 나에게」에서 '나'는 이렇게 묻는다. "나를 죽여야 참평화를 얻는다는 가브리엘 / 경전에서 죽음은 끝이 아니라지만 / 시체에게 평화가 무슨 소용이람". 그런가 하면 「漁客」에서 '나'는 이렇게 이의를 제기한다. "고통이란 우리의 고귀함에 대한 기억이라고? / 노발리스는 엉터리다".

그런데 『타오르던 암벽에서』는 시적 주체인 '나'의 고통을 새기는 데에 바쳐진 시집은 아니다. 오히려 이 시집은 고통 속에서 삶의 방향을 찾아나가는 '나'의 마음의 분투를 담고 있다.

어느 날, '나'에게 '다른 삶의 기류'가 시작된다. 삶의 고통이 임계점에 다다라 삶에 대한 '나'의 의식이 전화(轉化)된다. '나'가 고통의 끝에서 다르게 살아야겠다는 결론을 내린다. 「어린 까마귀가 다녀가는 옥상」에는 '다른 삶의 기류'가 시작되던 그날의 풍경이 담겨 있다.

하겠다는 것 느끼겠다는 것

인도에 가지 않아도 겪어본 적 있다 나만의 타지마할
대리석 궁전도 구름의 무덤인 것을 안다

늦가을 옥상에는 북서풍이 불어 닥치고
마음이 생겼다
깃대를 세웠다

다른 삶의 기류가 시작된 날
어떻게 그러냐고 쑤군거리든 말든
우러나는 만큼

감당할 수 있을 만큼

그 아래 건너편 고물 처리장

포크레인 기사는 캠핑 파라솔을 세웠다

그늘도 되고 비도 가리고

룰루랄라 기름 친 관절마다 단독자의 리듬

무소속의 율동은 구겨져 있다가 튀어나왔다

좀 더 움직이는 것 좀 더 느끼는 것

나중에 저기서가 아니고 지금 여기서

내 어린 까마귀가

옥상에서 춤을 추는 동안

　　　　　　　　　－「어린 까마귀가 다녀가는 옥상」 전문

　'나'는 늦가을 어느 날 북서풍이 불어 닥치는 옥상에서 남들이 '어떻게 그러냐고 쑤군거리든 말든 우러나는 만큼 감당할 수 있을 만큼'만 살아내기로 한다. 단독자의 리듬, 무소속의 율동 쪽으로 '나'의 감각이 쏠린다. 삶의 책임과 의무, 굴레에서 벗어나겠다는 생각이 '나'를 휩싼다. 아니다. '나'는 삶의 책임과 의무를 수동적으로 부과 받는 것이 아니라 스스로 정하겠다는 마음의 깃대를 세운다.

　유랑은 그 마음의 표현이다. '나'의 유랑은 그렇게 시작되고, 「검은 유랑의 기록」은 그 시절의 기록이다.

지난 밤, 블라인드로 달의 눈을 감기고

피카소를 만났다 열네 번째 뮤즈까지

발라먹은 천재는 요란한 트림과 입체그림을 남기고

사라졌다 왜 그랬을까, 그는

그의 마지막 애인은 추종자들은

이것은 무슨 꿈인가

끝없이 자라는 바벨성당 그들을 사로잡은 것은

광신일까 허무일까, 여행지의 간이역과 환승역은

허기를 메워주는 것인지 더 깊이 시달리게 하는 것인지

왜 지구마을은, 狂氣의 구조물에 경탄하고

착취당한 존재를 경시하는지

당근과 채찍에서 어긋나는 생존체위가 필요하다

누가 뭐래도 나는 인생파 자유인

철인5종 경기에 없는 종목과도 씨름할 것이다

추장의 뿔 나팔 소리에 이끌려

불안한 무리들이 우루루 달려갈 때

언덕에서 삐딱하게 지켜보는 그림자 하나

그 휘파람을 따라 스크래치하면 검은 화폭이 전율한다

원초의 본색이 꿈틀, 천 갈래 근육질로 살아 걸어 나온다

유랑의 첫날부터 나의 비밀친구는 노마드 신발

그리고 … 해뜨기 직전

너라는 바다

　　　　　　　　　－「검은 유랑의 기록」 전문

　'나'에게 유랑은 '당근'과 '채찍'에서 벗어나는 '생존체위'이다. 당근과 채찍이란 무엇인가? 그것들은 우리를 붙잡는 삶의 두 가지 힘이다. 우리는 당근에 현혹되어 삶을 떠나지 못하는가 하면 채찍이 두려워 삶을 견디기도 한다. 그런데 '나'는 당근과 채찍에서 벗어나려 한다. '인생파 자유인'임을 선언하며 유랑을 시작한다.

　'추장의 뿔나팔 소리에 이끌려 우루루 달려가는 불안한 무리들'이란 아마도 당근과 채찍에 의해 살아가는 존재들일 것이다. 그런데 언덕 위에서 '원초의 본색'을 '휘파람'으로 노래하며 그 무리들을 지켜보는 '삐딱한 존재의 그림자'를 '나'는 본다. 그 그림자는 당근과 채찍으로부터 자유로운 존재, '나'의 그림자이다. 이제 '나'에게 애초의 삶의 자리는 잠깐 들르는 '간이역'이나 '환승역'과 같다. 유랑하는 '나'는 이제 간이역이나 환승역에서는 허기를 채우려 하지 않는다.

　'나'는 유랑의 첫날부터 '노마드 신발'과 '해뜨기 직전의 바다'를 친구로 삼았다고 말한다. 특별히 바다를 친구로 든 점에 주목할 필요가 있다. 그것은 '나'가 유랑하면서도 결국은 바다에 가 닿으려 한다는 것을 의미하는 것 같다. 배성희의 시에서 바다는 중요한 공간이다. 배성희의 시적 주체는 자주 바다를 '본연의 나'가 살고 있는, 머물고 있는, 간직되어 있는 공간으로 인식하거나 형상화한다. 그러니까, 배성희의 시적 주체에게 바다는 시원(始原)이다. 배성희의 첫 시집 『악어야 저녁 먹으러 가자』(서정시학, 2012)에 실린 「매직 아워」, 「토파즈」, 「프리허그」 등을 떠올려 보라. 이런 사정을 감안한다면, '나'는 유랑하면서도 결국은 바다에 가 닿으려 하며, 바다에서 '본연의 나'를 만나려 한다고 말할 수 있다.

　유랑하는 '나'의 영혼은 삶과 삼투하지 않는다. '나'는 "신발 끈 풀리도록 달아나고 또 달아나고 / 그러나 돌아와 살고 또 사는 것"(「소울그린」)을 반복한다. 마치 간이역이나 환승역에 들르듯이 삶의 자리에 잠시 와 머물다 다시 떠난다. 유랑하는 '나'는 "잘 벼린 창 끝으로" "영토에 정지선을" 긋고, 그 선을 넘지 않는다(「녹이는 이야기」). 그 선 너머는 바로 당근과 채찍의 세계이다.

　유랑하는 '나'의 언어는 파편적이며, 논리적이지도 유기적이지도 않다. 「어린 까마귀가 다녀가는 옥상」, 「검은 유랑의 기록」, 「소울그린」, 「녹이는 이야기」의 언어가 그렇다. 그런 언어가 배성희 시 특유의 난해함을 만들어낸다. 삶에서 이탈해 유랑하는 시적 주체의 언어가 유기적이고 논리적일 리 없다. 무소속 단독자이길 원하는 '나'의 언어가 불통인 것은 어쩌면 당연하다. '나'의 언어는 소통을 원치 않는 존재가 의도한 불통의 언어다. 「소울그린」을 보라. '나'는 "그 혀"가 "초고속으로" "대못"을 박아댈 때 "눈 감고" 다른 소리들을 찾는다. "마른 흙이 밤비에 취하는 소리 / 고양이 짝짓는 소리". 그리고 '나'는 "대못"을 방어하려는 듯 주문을 읊는다. "기타와 / 캐스터네츠안달루시아플라멩코장미영혼곰삭은피멍색깔".

그런데 '나'에게 유랑의 시간은 사랑의 시간이기도 하다. '나'의 사랑은 "교감"으로 인해 "경계"가 무너지면서 시작되었다. "그럴 만했겠지", 그 한마디에 어떤 경계가 무너졌던 것이다(「6월의 냄새」). 그 사랑은 산, 육식, 취기, 주술의 이미지를 떠올리게 한다. '나'에 의하면, 사랑의 시간은 "카니발에 취해" 사는 "육식의 시간"이다(「6월의 냄새」). 사랑으로 하여 "죽음을 실습하듯이 절박한 몸짓으로 함께 능선을 타고", "100일 동안 쉬지 않고" "술"을 마신다(「기차여행」). 사랑은 "산 채로 깃털을 뜯어내, 회쳐 먹는 닭고기"(「닭살과 달의 우주쇼」), "선지국"(「감상적인 들판」), "보신탕"(「속도의 방정식」)의 맛 즉 "살맛"(「6월의 냄새」)의 감각으로 '나'에게 각인된다. 사랑의 대상이 '나'에게 구사하는 언어는 주술의 언어다. "흔들리며 살아가는 것이 진짜라는"(「기차여행」), "시계를 분해하면 시간에서 / 해방될 수 있다는"(「오해」), "피할 수 없다면 즐기라"는 주술(「4억만 개의 파도를」).

사랑으로 하여, "견디기 어려운 추위에도" '나'의 "은밀한 근육은 뜨거워"지고(「닭살과 달의 우주쇼」), "저체온으로 살고 있던" '나'의 "손가락"은 "금방 데워"진다(「바람의 신부」). 무엇보다, 사랑으로 하여, "오래된 시집" 속 어떤 "문장"이 읽힌다(「기차여행」). 그러나 '나'는 사랑에 기대고 싶은 마음은 있으나 사랑을 소유하려 하거나 사랑에 완전히 흡수되지는 않는다. "604미터 영봉에 있는 붉은 기둥 소나무", "가슴바위 곁을 오래 지켜온 적송", '나'는 "그런 나무를 갖고 싶지만 말하지 않"는다(「4억만 개의 파도를」). "'죄와 벌' 독후감"을 쓰지 못해 마음 졸이는 꿈에 시달리게 하는 "죄의식" 때문만은 아니다(「4억만 개의 파도를」). 죄의식보다 더 중요한 것은 사랑

때문에 '본연의 나'를 잃을지 모른다는, 잃어 간다는 두려움이다. 산과 육식과 취기와 주술의 사랑, 그것은 '나'가 자신을 너무도 많이 거스르며 상대를 받아들여야 하는 일은 아닌지. 그 사랑은 '나'로 하여금 '본연의 나'를 더욱 그리워하게 한다. 다시 말하면, 사랑하면서 '나'는 '본연의 나'가 살고 있는, 머물고 있는, 간직되어 있는 바다를 더욱 그리워하게 된다. 「감상적인 들판」의 다음 대목은 그 사정을 함축하고 있다. "누렁이가 있는 단골 산장으로 선지국 집으로 / 등산 또 등산 계곡 또 이어지는 계곡 / 어느 사이에 나는 지쳐 // 커튼 치고 혼자 있기로 했던 날 / 크루즈가 묶여있는 바닷가에서 / 전율하며 들었던 성가, 타오르게 하소서".

4. 은밀한 생, 모성(母性)

오래 유랑할 수 없는 존재들이 있다. 삶의 자리를 벗어나 무소속 단독자의 리듬으로 마냥 떠돌 수 없는 존재들이 있다. 떠돌면서, 삶의 자리에 더께가 앉고 그 자리가 쇠락해져 가는 것을 외면할 수 없는 존재들이 있다. 그들은 삶을 파괴하기보다 어떻게든 삶을 되살려 내려 한다.

『타오르던 암벽에서』의 '나'도 그런 존재이다. 그런데 '나'는 선뜻 삶의 자리로 돌아가지 못한다. 「당나귀는 살아 있다」에는 돌아가 삶을 되살리려는 '나'의 마음과 차마 돌아갈 수 없는 '나'의 마음이 동시에 형상화되어 있다.

비바라기하며

술국을 먹는다 낮술에 취한 내 곁으로

발바닥에 쇠못이 박힌 당나귀가 걸어온다

짐을 잔뜩 짊어지고 조용히 고개 수그린 당나귀

그 마음에 넉넉하니 차 있는 것은 대체 무엇인가

고요하고 푸른 하늘 은하수라도 있는 것일까

숟가락에 오른 당나귀가 어서 먹어달라고 속삭인다

더 유순해진 살점 허파와 창자조각들이

우거지와 함께 흐물흐물 끓었다

마지막 저항마저도 버린 고기를 듬뿍 떠서 먹기

당나귀다운 사람이 되는 지름길이다

비어있는 내 마음 은하수의 자리를 술국으로 채우면서

건배 평화로운 혁명을 위하여 건배

영혼의 피가 섞인 술국을 먹고 집으로 가자

도저히 품을 수 없는 뭔가를 껴안아야만

저항하던 쓴 물이 빠져나가

고개가 숙여지고

속눈썹이 길어질 것이다

담즙을 죄다 은하수로 바꾸었다는

착각.

평화를 위한 촉매가 포옹이라면 그것은 성스럽다

한 지붕아래 소 닭 보듯이 살고 있는

암수의 단순한 포옹과는 차원이 다른 신성함

출생과 동시에 짊어진 상처/결핍/모순까지도

끌어안으면 혁명이 완성되는가, 아니다

내가 누군가의 술국이 되어야만 하는데

오늘도 못하겠다 부끄럽구나 당나귀여

— 「당나귀는 살아 있다」 전문

 '나'는 낮술에 취해 당나귀의 환영을 본다. 발바닥에 쇠못을 박고
짐을 잔뜩 지고 조용히 고개 수그린 당나귀. 그런 당나귀의 형상에
는 삶의 책임과 의무를 짊어지고 있던 유랑 전의 '나'와 '집'으로
돌아가 삶의 책임과 의무를 다시 짊어져야 할 '나'의 모습이 모두 투
사되어 있다. 그런데 당나귀는 발바닥에 쇠못이 박혀 있고 짐을 잔
뜩 짊어지고 있는데도 유순하다. 당나귀의 마음에는 무엇인가가 넉
넉하게 차 있기 때문이다. 그것은 '고요하고 푸른 하늘 은하수'일지
모른다. 그러니까 당나귀는 마음에 은하수가 차 있어 발바닥에 쇠못
을 박고 짐을 잔뜩 짊어지고도 유순할 수 있는 것이다. 은하수는 당
나귀가 쇠못의 고통, 짐 지는 고통마저도 감내할 수 있는 힘의 원천
이다. 좀 서둘러 말하자면, 그것은 '은밀한 생의 표상'이다.

그러나 '나'에겐 아직 은하수가 없다. "다툼의 조각들"이 "비틀비틀 쌓여" "터질 것 같"은 집(「그는 나에게」)으로 돌아가려면, 집으로 돌아가 도저히 품을 수 없는 뭔가를 껴안으려면, 삶의 책임과 의무를 유순하게 짊어지려면, 당나귀 같은 사람이 되려면, 당나귀가 되려면 마음속에 은하수가 있어야 한다. 그러나 '나'의 마음속에는 저항의 쓴 물, 담즙만이 가득 차 있다.

어떻게 할 것인가? '나'는 당나귀 술국을 먹는다. 당나귀의 살점, 허파, 창자 조각 들이 우거지와 함께 끓어 흐물흐물해진 술국을 듬뿍 떠서 먹는다. 마음속, 담즙으로 채워져 있는 자리를 당나귀 술국으로 다시 채운다. 담즙을 은하수로 죄다 바꾸었다고 생각해 본다. 그리곤 집으로 돌아가 포옹하리라 마음먹어본다. 그 포옹이 평화로운 혁명의 촉매가 되어 주기를 기대해 본다. 그러나 도저히 품을 수 없는 뭔가를 어떻게 껴안을 수 있을까? '나'는 말한다. '오늘도 못하겠다 부끄럽다 당나귀여'.

그러나 '나'는 결국 집으로 돌아가기로 한다. 마음의 은하수를 마침내 찾았기 때문이다. 그 은하수는 바로 모성(母性)이다. 즉 모성으로 마음을 채운 '나'는 유랑을 멈추고 집으로 돌아가기로 한다. '나'의 그러한 실존적 결단은 「8·15 전야」에 잘 나타나 있다.

> 그 해 광복절엔 조조영화로 피와 뼈*를 보았다
>
> 다른 해는 아침부터
>
> 디카를 들고나가 청계천을 찍었다
>
> 작년엔 무엇을 하며 떠돌았는지 희미하다

언제나 혼자였는데, 올해 8월15일 내일은

나의 가출을 마감하고 집으로 들어간다

통제 불가능한 인간의 욕망이나

청계광장의 꽃마차 따그닥

따그닥 지금도 선명한 발굽소리와

집 나간 자궁의 어둠까지 한꺼번에 설명할 수는 없지만

피와 뼈 그 연결 고리들을 잡아당겨 이어본다

가출 49일에 대한 명분보다

괴물이라고 증오했던 적을 죽이기보다 더 커다란

측은지심 하나로 生을 껴안기로 했다 슬프지만

승리도 패배도 없는 이 모순이 결국 가학과 피학이

서로 삼투하는 생활의 발견이요 지혜라는 것

미끄럼 타는 사랑을

언어로 다 옮길 수 없이 어지럽고

뜨거웠던 이 여름 나의 시원始原을 찾으려 했고

예전과 다른 내가 태어났다

그 전으로 절대 돌아갈 수 없고

같은 구조에서도 이겨낼 수 있는 에너지가 생겼다고

자위하는 것이다 끝까지 분리 수거되지 않는 종양들로

여생이 더 무참하게 썩어간다 해도 말이다

말기 암 폐허의 고지에서 관망할 준비가 되었다

나는 한 부족의 시조가 된 것이다

호적의 이름을 바꿔도 나는 어쩔 수 없는 나인 것을

수금지화목토천해명의 밤과 낮을 모두 갖추고

걸어 다니는 자궁보다 더 강한 원자폭탄이 없는데

그까짓 어리석은 왜적 하나 거뜬히 요리할 수 있다

진부한 땅에서 새 역사를 지휘하는 母性이 바로

나 자신임을 이제 알기 때문이다

* 피와 뼈(최양일 감독 영화) : 일제시대 현해탄을 건너간 주인공은 일본인 틈에서 야수처럼 살아간다.

― 「8 · 15 전야」 전문

'나'는 49일 간의 가출, 유랑을 끝내고 집으로 돌아가려 한다. 그것은 '나'에게 '같은 구조에서도 이겨낼 수 있는 에너지'가 생겼기 때문이고, '나'가 자신의 '모성'을 자각했기 때문이다. '나'는 자신이 모성으로써 '한 부족의 시조'가 되었으며 '진부한 땅'에서 '새 역사'를 지휘할 것이라고 선언한다.

「8 · 15 전야」의 모성 선언은 은밀한 생의 선언이다. 앞에서 말했듯이, 은밀한 생은 어떤 존재가 고통의 끝에서 스스로 자신의 어두운 내면에 지피는 불과 같다. 은밀한 생은 조용히 타오르며 존재에게 현실의 삶을 살아갈 힘을 주는 밑불이다. 『타오르던 암벽에서』의 '나'는 「8 · 15 전야」에 이르러 모성을 선언함으로써 자신의 은밀한 생이 비로소 시작되었음을 알린다. '나'는 모성의 힘으로 집으로 돌아가 다시 살 것이다. '나'는 '수금지화목토해천명의 밤과 낮을 모두 갖추고 걸어 다니는, 원자폭탄보다 더 강한 자궁', 모성의 화신, 어머니로서 사는 은밀한 생을 지펴 이렇게 살아갈 것이다. '괴물이라고 증오했던 적'을 죽이기보다 더 커다란 '측은지심'으로 껴안을 것이다. 분리할 수 없는 '종양'들로 여생이 더 무참하게 썩어간다해도, 그 종양들의 '흡착'을 이겨낼 것이다. 모성의 화신, 어머니로서 사는 은밀한 생은 '나'의 인내와 희생과 헌신과 포용과 이타성의 밑불이 될 것이다. '8·15 전야'란 '해방 전야'가 아닌가. 집으로, 삶의 자리로 돌아가는 것은 모성을 자각한 '나'에겐 종속이 아니라 해방이다.

그런데 우리가 주목할 것은 모성이 무엇이며 '나'가 어떻게 자신의 모성을 발견 또는 자각했는가 하는 것이다. 먼저, 모성이란 생물학적 여성들, 아이를 낳아 어머니가 된 여성들만이 독점하는 자질은 아니다. 모성이란 죽음으로써 생명이 되는 힘이다. 여성이든 남성이든 모성의 소유자들은 오래 유랑하지 못한다. 그들은 결국 삶의 자리로 돌아가 그곳에 더 단단히 붙박인다. 그들은 자신을 소진해 가며 죽어가는 삶에 생명의 물줄기가 되어 스며든다. 그리하여 그들은 마침내 삶을 재생시키고 창조한다. 그렇다면, 『타오르던 암벽에서』의 '나'는 어떻게 모성을 자각하게 된 것일까? 「8·15 전야」에는 그 맥락이 나타나 있지 않다. 그 맥락을 알기 위해서 깊이 음미해야 할 시가 바로 「은밀한 생」이다. 나는 「은밀한 생」을 이 대목에서, 이렇게 읽고 싶다.

바탕화면으로

가을비가 고여 넘친다

기계도 계절을 앓아서

빗물이 노트북 자판 사이로 흘러든다

푹푹 빠지며 오래 걸었던 해변의 모래알 속으로

추. 적. 추. 적. 스며든다

지구의 첫가을부터 지금까지

세상의 모든 바다는 가을비

멀리 물러서서 한 오라기 감정을 매만지며

머뭇거린 적 없다 나는

품에 안겨온 씨앗을 시들게 한 적 없다

현무암과 따개비의 흡착을

혼혈의 交感을 그리고

나를, 전투적으로 사랑했다

존재를 애무하던 바위틈 부드러운 해초들

그 모든 것을,

이제

잊기

바란다

황홀한 소멸을 향해 떨어지는 빗물

기록을 삭제하는 천 개의 손가락이 녹아 흐른다

生이라는

아름다운 이빨에 온전히 제 살점을 내어준 거대심해어

뼈 조각들이 은빛 별자리로 출렁거린다 여기는

나의 마지막 바다

고요히 가을비에 젖어

파스칼 끼냐르 은신처로 깃드는 밤이다

– 「은밀한 생」 전문

　「은밀한 생」은 「8 · 15 전야」에 대한 주석(註釋)과 같다. 「8 · 15 전야」의 한 문장, '뜨거웠던 이 여름 나의 시원을 찾으려 했고 예전과 다른 내가 태어났다' 라는 문장은 모호하다. 이 문장으로는 '나' 가 시원을 찾으려 했던 일, 그리고 예전과 다른 '나' 가 태어난 일 사이의 연관성을 알 수 없기 때문이다. 그런데 「은밀한 생」은 그 연관성을 알려준다.

　앞에서 배성희 시의 바다 표상과 「검은 유랑의 기록」의 마지막 연을 근거로 삼아 설명했듯이, '나' 의 시원은 바다이며 '나' 가 시원인 바다에 가려 했던 것은 '본연의 나' 를 만나기 위해서였다. 「은밀한 생」에 의하면, '나' 는 지난여름에 바다에 갔다. 「은밀한 생」은 '나' 가 지난여름 유랑의 시절에, 바다에 갔던 일, 바다에서 겪었던 일을 가을비 속에서 회고하는 시다. 그러나 「은밀한 생」에 의하면, '나' 는 바다에서 '본연의 나' 를 만나지는 못했다. '나' 가 바다에서 본 것은 아무런 상처도, 변형도 없는 '본연의 나' 가 아니라 '生이라는 아름다운 이빨에 온전히 살점을 내어준 거대 심해어' 였다. '본연의 나' 는 이미 없었던 것이다. '나' 는 멀리 물러서서 한 오라기 감정을 매만지며 머뭇거린 적 없다. '나' 는 품에 안겨온 씨앗을 시들게 한 적 없다. '나' 는 현무암과 따개비의 흡착을, 혼혈의 交感을 전투적 으로 사랑했다. '나' 는 그렇게 생이라는 아름다운 이빨에 온전히 살 점을 내어 주며 살아왔다. 그렇게 사는 동안에 '본연의 나' 는 그 모 습을 잃었던 것이다.

그런데 놀라운 것은, '나' 가 바다에서 '본연의 나' 를 만나지는 못 했지만 자신이 살아온 삶의 의미를 알게 되었다는 사실이다. 즉 '나' 는 '본연의 나' 를 잃게 한 삶이 곧 모성적 삶이었다는 것을 바 다에서 깨달았다. 자신을 잃어가면서도 품에 안겨온 씨앗을 결코 시 들게 하지 않는 일, 다른 것들의 흡착을 감내하고 그것들에게 생명 의 원천이 되어 주는 일, 나아가 그 일들을 전투적으로 사랑하는 일 은 모성의 일, 모성만이 할 수 있는 일이다. 그런데 "멀리 물러서서 한 오라기 감정을 매만지며 / 머뭇거린 적 없다 나는 / 품에 안겨온 씨앗을 시들게 한 적 없다 / 현무암과 따개비의 흡착을 / 혼혈의 交 感을 그리고 / 나를, 전투적으로 사랑했다" 라고 말할 때, 나' 의 어조 는 단호하고 자부심으로 충만하다. 과거형의 서술이지만 각오를 드 러내는 미래형의 뉘앙스를 뿜는다. 즉 그 어조를 통해, 모성이 '나' 의 삶을 추동해 나갈 것임을 짐작할 수 있다. 지난여름 바다에서 모성은 '나'의 마음의 은하수가 되었다. 모성이라는 은하수를 마음에 채우고 집으로 돌아가 살기로 한 '나'는 '옛날의 나', '본연의 나', 그 존재를 애무하던 바다의 모든 것들을 잊기로 했다. 지난여름 바다는 그래서 '나의 마지막 바다'였다.

요컨대, 「은밀한 생」은 「8·15 전야」의 주석으로서 '나'가 지난여름 바다에 가 닿았고 바다에서 '본연의 나'를 만나지는 못했지만 지난 삶에 대한 통찰을 통해 모성을 자각하고 '예전과 다른 나'로 거듭났다는 것을 알게 해준다.

5. 은밀한 생의 은밀한 생, 미(美)

그렇다면, 어머니로서 살아가는 은밀한 생으로 현실의 삶을 지켜나가는 것은 최선인가? '나'는 회의(懷疑)한다. 그 회의는 「구름의 핏줄」에 새겨져 있다.

이제 그것을 투명하게 바라볼 수 있는 어머니
왼쪽 얼굴과 손가락이 저리기 시작한다
태평양 너머로 날아갔던 딸은
암벽등반과 하프마라톤까지 완주하고 돌아왔다

어머니와 딸

그 사이에서 내 머리는 좌우로 흔들린다

곁으로 거대한 불 수레바퀴가 아슬아슬 지나간다

화분에서 자라는 행운목은 불꽃 모양의 잎사귀를 펼치고

지루한 가뭄에도 살아있다

한 방울의 물이라도 기어이 찾아가는 가늘고 하얀 실

뿌리털, 어머니의 어머니로부터

나를 거쳐 딸의 딸에게로 흐르고 있는

이브의 생명지도는 질기고 길다

―두 개의 심장만 기억하네

―굳어가는 가슴에 갇혀있던 꽃을 꺼내 서로 보여주었네

고열에 시달리던

에덴의 독 오른 뱀과

무딘 톱날의 시간을 생각한다 머리를 흔들면서

축축한 의문을 극치까지 빨면서 맛보고

잘라낸 것은 무엇인가

행운목과 나는 붙박이 자리에서 상상한다

불꽃 모양의 날개를

끝까지 지켜내야 하는 뿌리와 생명의 지도를

천개의 어금니가 깨지고 있다

그런 파괴가 아무것도 창조할 수 없다면

어떤 구름도

스스로 큰 비를 만들 수 없다면

－「구름의 핏줄」 전문

'나'의 어머니와 '나'와 '나'의 딸이 모여 있다. '나'는 어머니의 어머니로부터 어머니와 자신을 거쳐 딸과 그 딸에게로 흐르고 있는 길고도 질긴 생명의 물줄기, 이브의 생명지도를 생각한다. 그 생명의 물줄기를 모성이라고 보는 것은 비약은 아닐 것이다. '나'와 어머니와 딸이 모여 앉은 곳 한쪽에 '행운목' 화분이 있다. '나'는 행운목에 자신을 투사한다. 행운목은 긴 가뭄에도 '불꽃 모양의 잎사귀'를 펼치고 살아 있다. 실과 같은 '뿌리털'로 '한 방울의 물'이라도 빨아올리는 덕분일 것이다. 행운목이 그렇게 불꽃 잎사귀를 지켜내듯이 '나'는 모성으로 이 삶을 지켜내야 하리라 생각한다.

그러나 그것은 최선일까? '나'는 회의한다. '그런 파괴가 아무것도 창조할 수 없다면? 어떤 구름도 스스로 큰 비를 만들 수 없다면?' 모성은 그 주체가 자신을 어느 정도 파괴함으로써만 발휘될 수 있다. 그것은 부인할 수 없는 사실이다. 그러니 모성의 주체인 '나'가 '그런 파괴가 아무것도 창조할 수 없다면?'이라고 묻는 것은 타당하다.

「구름의 핏줄」은 서영은의 소설 「먼 그대」의 두 장면을 떠올리게 한다. 첫 번째 장면은 문자가 이모에게 돈을 빌려 집으로 돌아오는 길, 언덕의 고목나무 아래서 다리를 쉬며 신선한 영감이 가슴에 차

오르는 것을 느끼고 위안을 받는 장면이다.

그 고목은 몸뚱아리가 온전치 못한 불구의 몸임에도 늠름한 키에 풍성한 가지를 지니고 있었다. 그의 가지 하나하나가 모두 하늘을 어루만지려는 갈망의 손으로 보였다. 저토록 높은 데까지 갈망의 손을 뻗치기 위해서는 아마도 그의 뿌리는 자기 키의 몇 배나 깊이 땅속으로 더듬어 들어갔을 것이다. 생명수를 찾아 부단히, 차고 견고한 흙속으로 하얀 의지를 뻗쳤다. 나무의 뿌리가, 자신의 발밑에 맞닿아 있다는 것을 생각하면 문자는 시린 삶의 아픔이 가시는 듯한 위안을 느꼈다.

두 번째 장면은 집에 도착해, 한수가 취해 더럽혀 놓은 담벼락과 대문간을 닦으며 자문하는 장면이다.

'고통의 사닥다리를 오르는 일이 다 쓸데없는 짓이라면? 이 길의 끝에 아무것도 없다면? 모든 것이 다 조작된 의미라면? 아픔과 고통의 끝이 또 다른 아픔과 고통의 연속으로 이어진다면……'

문자는 순간적으로 동요하고 회의하지만 은밀한 생의 힘으로 살아가는 삶을 멈추지 않는다. 「먼 그대」의 서술자는 이렇게 말한다. "그럼에도 그녀의 팔은 오랫동안 낙타의 지칠 줄 모르는 다리가 되어 왔던 까닭에 걸레질을 멈추지 않았다." 문자의 삶은 이미 관성을 발휘하고 있었다. 물론 그 관성은 신과 대결하겠다는 문자의 확고한 의

지의 소산이다.

「구름의 핏줄」에서 나타나듯이 『타오르던 암벽에서』의 '나' 역시 은밀한 생으로 현실의 삶을 지켜나가는 일에 대해 회의하지만, 그 일을 멈추지 않는다. 그런데 그것은 은밀한 생에 대한 의지, 그 의지의 관성 때문만은 아니다. 미뤄 두었던 얘기를 해야 할 때가 되었다. 여기에 하나의 놀라운 사실이 있다. '어머니로서 살기'라는 '나'의 은밀한 생은 또 다른 은밀한 생의 힘으로 추동되고 있다는 사실이다! 또 다른 은밀한 생은 '아름답게 살기' 또는 '아름다움 되기'이다. 요컨대, 『타오르던 암벽에서』의 '나'가 지닌 가장 깊고도 강렬한 욕망은 모성에 의한 거룩한 희생이나 이타적인 삶을 향한 것이 아니라 아름다운 삶, 아름다운 존재로서의 자기 자신을 향한 것이다, 미(美)를 향한 것이다.

'미'를 향한 욕망이 있어 '나'는 마침내 이별도 선언할 수 있다. '나'가 이별하는 것은 죄의식 때문이 아니다. 사랑으로 인해 '본연의 나'를 잃을지도 모른다는, 잃어간다는 두려움 때문만도 아니다. 「은밀한 생」에 표현되어 있듯이, '나'는 '본연의 나'에 대한 미련과 집착을 이미 버렸다. '나'가 이별할 수 있는 것은 이별로써 가장 아름다운 사랑을 완성하겠다는 욕망 때문이다. '나'의 이별 선언은 「바람의 신부」에 새겨져 있다.

반갑습니다
초여름 저녁

도발하는 자에게 세 겹의 능선이 보입니다 산을 바라보던 두 입술이 아아— 동시에 감탄하면 시간은 어디에도 없고 그저 짙푸른 능선이 그 순간의 몸일 뿐

부풀어 날아온 나무향기가 속눈썹을 건드릴 때
말랑해진 틈새로 최초의 하모니가 흘러들 때

저체온으로 살고 있던 손가락이 금방 데워지네요 다정한 손바닥 안에서 예쁜 물고기들 갑자기 떼 지어 수로를 마구 돌아다니지만

상자는 열릴 가능성으로 남을 때 가장 아름다워
우리도 마찬가지

석양일배夕陽一杯의 취기도 마찬가지, 샬롬

샬롬, 헤어져 돌아갑니다 눈보라 매서운 수목한계선에서 무릎 꿇고 生을 버틴 목질로 바이올린 만들어 연주할게요 공명의 극치를, 나 홀로 떨리는 그 선율 산정호수에 번질 테지요

우주의 파동으로 만들어진 육체
시선만으로 포개져 굽이치는 능선들
아쉬움 없는 저녁이라면 나아씽베터 나아씽베터

또 다른 소멸의 무대에서 바이올린과 활이 되어 만나자는 싱

거운 소리 생략하고 악수를 합시다

바람이여

유월의 손바닥이여

─「바람의 신부」 전문

가장 아름다운 사랑이란 어떤 것인가? 사랑은 가능성으로 남을 때 가장 아름답다고 '나'는 말한다. 사랑을 가능성으로만 남기기 위해선 재회의 약속을 할 수 없다. 그래서 '나'는 '또 다른 소멸의 무대에서 바이올린과 활이 되어 만나자'는 약속은 없이 악수만 청한다. 다만, 열심히 살겠다는 무언의 약속만 초여름 저녁의 바람 속에 띄워 보낸다. '눈보라 매서운 수목한계선에서 무릎 꿇고 生을 버틴 목질로 바이올린 만들어 연주할게요'.

물론 이 산뜻하고 아름다운 이별 뒤에는 고통스럽게 겪어야 하는 회한과 그리움의 시간이 기다리고 있다. '나'는 꼭 이별해야 했냐고, "꼭 그래야만 했냐고" 스스로를 "밤새 추궁"한다(「6월의 냄새」). 이별 뒤에는 "어제와 다르면서도 / 비슷한 하루 또 하루가 이어"진다(「강물은 왜」). 이별 뒤의 세상은 가짜이거나 지옥이다. "너 아닌 것들은 모두가 레고 블럭 / 레고 城은 죄도 강물도 모른다 / 어디가 / 어디가 지옥인가"(「강물은 왜」). 「속도의 방정식」, 「아물지 않는」, 「정지선」, 「포항」에는 사랑의 대상에 대한 그리움이 또한 새겨져 있다. 그러나 사랑의 시계는 거꾸로 돌아가지 않는다.

'나'가 현실을 살아가는 힘인 모성의 밑불이 '미'를 향한 욕망임은 「미에 대하여」에 분명하고도 아름답게 나타나 있다. 그런 점에서 「미에 대하여」는 『타오르던 암벽에서』의 시작이자 결말이며, 정점에 해당하는 작품이라고 생각한다.

가장 아름다운 것은 예외적인가, 인수봉을 오르다가 실족사한 영혼을 생각한다, 그 암벽이 보이는 자리에 세웠다는 위령비를 생각한다, 안타까운 숨들이 이미 산에 스몄으니 비석을 거두어 간 손길도 생각한다,

未와 迷 그리고 美에 대하여

어지러운 길 헤매고 돌아서 땀에 젖어 오른 매혹의 정상, 가느다란 오줌을 나무그늘에 누고 기지개를 켜본다 200개의 관절이 몸에서 해방되기를

헛디딘 발은 죽음에게
너는 너에게
가장 필요한 욕망이듯이
나는 나에게
가장 절실한 존재다

인류의 조상이 처음 불꽃을 피울 때처럼, 어제의 쓰라린 묘혈

에 불안한 막대기를 세우고 두 손으로 비벼 비벼서 불을 지핀

다, 하루 또 하루 기적처럼 새 불이 오래된 불 씨앗에서 되살아

나기를

그리하여 소멸은 소멸되지만 나는

가장 아름다웠다

타오르던 암벽에서 너와 함께

— 「미에 대하여」 전문

'나'가 덜됨[未]과 헤맴[迷]의 시간을 거쳐 갖게 된, 아름다움[美]에 대한 사유가 이 시의 주제이다. '나'는 '인류의 조상이 처음 불꽃을 피울 때처럼, 어제의 쓰라린 묘혈에 불안한 막대기를 세우고 두 손으로 비벼 비벼서 불을 지핀다'. '기적처럼 새 불이 오래된 불 씨앗에서 되살아나기를', 하루 또 하루가 기적처럼 이어지기를 바라면서! 죽음의 자리인 묘혈과 같은 어제, '나'는 그 어제를 허무 속으로 그냥 흘려보내지 않는다. 어제를 지펴 오늘을 불 피우려 한다. 그것은 바로 모성의 일이다. 죽음의 자리를 삶의 터전으로 만드는 것, 묘혈을 집으로 만드는 것, 소멸을 창생으로 바꾸는 것은 모성만이 할 수 있는 일이다. 묘혈과 같은 어제로부터 기적처럼 오늘이 또 내일이 되살아난다면, 오래된 불 씨앗에서 새 불이 되살아난다면, 비록 되살아난 오늘이 암벽과 같이 아스라하고 가파르더라도 '나'는 말할 것이다. '소멸은 소멸되지만 나는 가장 아름다웠다 타오르던 암벽에서 너와 함께'라고. '너'는 누구인가? '너'란, 모성으로써 묘혈을

집으로 만드는 모든 존재들이다. 모성으로써 죽음과 소멸의 자리를 삶과 창생의 터전으로 만드는 일을 희생이 아니라 아름다움의 창조라고 믿는 존재들이다. '나'가 벅차게 꿈꾸는 순간은 '나는 가장 아름다웠다'고 말할 수 있는 바로 그 순간이다. '나는 나에게 가장 절실한 존재다', 이 명제를 누가 어떻게 부정할 수 있겠는가. 「미에 대하여」를 통해, 미에 대한 지극한 갈망이 '나'의 모성을 추동하고, 모성이 '나'의 현실적 삶을 또 추동한다고 정리해 말할 수 있다.

6. 깊은 마음의 지도

시는 본질적으로 시적 주체가 자아와 세계의 합일(合一)을 추구하는 장르이다. 시적 주체가 자아와 세계의 합일을 추구하는 대표적 방식은 두 가지이다. 자아를 세계에 투사(投射, projection)하거나 세계를 자아에 동화(同化, assimilation)시키는 것이다.[3]

시적 주체가 투사나 동화의 방식으로 자아와 세계의 합일을 추구한다는 것은, 시적 주체가 자아와 세계의 어긋남을 인식하는 순간에 시가 싹튼다는 것, 시의 기저에는 그 어긋남을 바루고 그 틈을 봉합하려는 시적 주체의 의식 작용이 놓여 있다는 것을 의미한다. 물론, 모든 시에서 시적 주체의 자아와 세계가 합일하지는 않는다. 그런 일이 어떻게 가능하겠는가. 많은 시인들이 시적 주체의 자아와 세계의 합일에 대해 회의하거나 그것을 부정하며 많은 시들에서 그것에 대한 위반을 목격하게 되는 것이 사실이다. 그럼에도 불구하고 시의

---

3) 김준오, 『시론』, 삼지원, 1997, 34~42면, 참조.

본질은 시적 주체가 자아와 세계의 합일, 적어도 화해를 추구하는 것이라고 말하지 않을 수 없다. 서사 장르와 별개로 서정 장르가 존속하는 까닭을 생각해 보면 그렇다.

자아와 세계의 어긋남을 바루고 틈을 봉합하려는 시적 주체의 의식 작용을 추동하는 힘은 무엇일까? 그것은 이 세계에 살고자 하는 시인의 마음, 이 삶을 끝까지 살아내려는 시인의 마음일 것이다. 따라서 시에서 읽어야 할 것은 시적 주체의 자아와 세계가 합일했는지의 여부가 아니라 그 합일을 이루기 위해 분투하는 시인의 마음일 것이다. 시집을 읽는다는 것은 그 마음의 자취를 따라가는 일이 아닐까. 시인이 내어 놓은 마음의 길을 그 끝까지 걸어 보는 일, (김우창의 표현을 빌리면) 시인의 "깊은 마음의 생태"를 분석해 보는 일, 시인의 마음의 지도를 그려 보는 일이 아닐까. 시집에 실린 시들은 독립적이지만 또 긴밀하게 결부되어 서로를 비춰주고 채워준다. 그래서 시인의 마음의 지도를 그리는 일은 가능하다.

나는 배성희가 이 시집에서 고통의 끝에서 모성을 자각했음을 고백하고 모성의 힘으로 현실을 살아갈 것임을 선언했다고 읽었다. 그리고 그의 모성은 미에 대한 궁극적 욕망에 의해 추동된다고 읽었다. 나는 배성희의 마음의 지도를 그렇게 그렸다. 그 지도 속에서 배성희를 예술가라고 말할 수 있는 이유를 발견한다. 그는 미에 대한 본능적 욕망을 지니고 있으며 그 욕망을 삶의 에너지로 바꾼다. 미를 향한 갈망으로 그는 삶을 디자인하며 치열하게 살아간다. 그의 시가 그것을 증명한다.

나는 배성희의 두 번째 시집 『타오르던 암벽에서』를 읽으며 내 삶과 마음을 새삼 오래 깊이 생각해 볼 수 있었다. 독자들도 이 시집을 읽으며 삶과 마음을 들여다보고 물음을 머금는 기회를 가질 수 있다면 좋겠다. 내 삶을 떠받치고 있는 은밀한 생은 무엇인가? 나는 무엇으로 사는가?